동물원 킨트

동물원 킨트

배수아 장편소설

레체

차례

동물원 킨트 9
짐승의 눈 19
하마 29
보도의 상점 40
두스만 55
카챠의 남자 68
겨울의 유령들 79
1945년 4월 16일의 벙커 89
러시아 호프 호텔 111
양 동물원 127
새로운 슈테피 134
모든 친구에게 쓴 절교의 편지 145
West Berlin 155
부다페스트 가街 166

작가의 말 177

나는 동물원에 간다.

누군가 나에 대해 묻는다면, 나는 단지 이 하나의 문장에 지나지 않는다는 것을 증명해 보일 수 있어.

5월 12일, 동물원 킨트
수신 : 동물원 원장
10787 부다페스트 거리 34
지원서 양식 C
No. 62의 모니터링

동물원 킨트

 동물원을 가진다는 것은 어떤 기분일지 상상이 잘 가지 않아. 그것에 대해 생각해보려 노력해도 머릿속에는 쓸데없는 생각만 떠올라. 세상의 모든 동물원을 수첩에 메모한 다음, 하나 하나 다 찾아가고 싶다거나, 아니면 그중의 어느 한 동물원만을 찾아간다면, 그 동물원은 아주 마음에 드는 동물원이 아니면 안 돼. 그곳은 나에게 아주 특별한 장소가 될 것이 분명하니 말이야. 그런 동물원을 찾아낸다는 것 역시 쉬운 일은 아닐 거야. 장소를 찾아낸다는 것은, 사람을 찾아내는 것보다 더 어려운 일이라고 생각해. 태어난 병원이나 고향처럼 주어지는 것이 아니기 때문이지. 스스로 찾아야 하는 거야. 그렇지만 뭐든지 선택한다는 것은, 결국 공정하다거나 엄밀하게 객관적이거나 할 수는 없는 일이야. 하지만 마음에 드는 동물원, 이라니. 그러면 나에게 마음에 들지 않는 동물원이 있었다는 이야기처럼 들리지만, 그런 것은 없어. 나에게 동물원이란, 바로 이 세상에 존재하는 모든 동물원이야. 내가 무엇을 할 수 있을 거라고 생각해? 나는 결국 이리저리 지도를 뒤지다가 일단 첫번째 동물원을 발견하게 되면, 마치 내가 예전부터 바로 그 동물원을 찾고 있었던 것처럼 느끼고 말 것이 분명해. 내가 지도의 어느 페이지를 먼저 보게 될 것인지, 어느 도시의 이름에 우선 흥미를 느낄 것인지는 모두 우연이야. 그러므로 내가 그것을 찾아냈다고 하는 것은 이때 가장 합당한 단어는 아니야. 그것이 나를 찾아낸 것에 불과해. 동물원이라는 장소는 나에게 평가하거나 비교할 수 있는 대상이 아닌 거야. 동물원이란, 그 자체로 내가 지도에서 발견한 모든 첫번째 장소, 그것이야.

장소를 느낀다는 것에 대해 생각해본 적 있어? 첫번째 장소 말이지. 처음 보는 장소에 대해서도 말이야. 동물원에 대한 것도 바로 그런 종류의 이야기야. 내가 동물원을 가지려고 마음먹는다면 일단 그 동물원을 찾아내야 해. 어떻게 찾아내야 하는지는 나도 몰라. 그런 동물원을 찾아내면 나는 일단 그곳으로 가야 해. 그 장소가 지금 내가 살고 있는 그곳이 되리라는 보장은 아무것도 없으니 말이야. 대개의 경우 사람들은, 그렇다면 세상의 그 많은 동물원을 직접 다 찾아가봐야 하는 것 아

동물원 킨트

냐? 하고 걱정스럽게 물을 수도 있겠지만, 그렇지 않아. 어떤 장소가 일단 마음에 들면, 그다음에는 그곳이 어떤 상황에 있더라도 불만을 가질 이유가 없어. 마음에 들었으니까. 장소란 그런 곳이야. 예를 들어서 나는 자주 집을 옮기는데, 이사할 시기가 되면 지도를 펼쳐놓고 생각에 잠기지. 어느 곳으로 가게 될까, 그런 생각에 말이야. 혹은 여행할 일이 생기게 되면, 그런 일은 거의 없지만, 지구본을 손으로 빙글 돌린 다음 탁 잡는 거야. 그때 손이 닿은 장소로 가는 거야. 일단 그런 식으로 정해지고 나면 그곳이 좋아. 그곳을 사랑해. 그러나 단, 그곳이 동물원에서 가까운 곳이거나 적어도 동물원이 있는 도시라야 하지. 나는 시골이 싫어. 동물원이 없는 곳을 경멸해. 당연하잖아. 나는 동물원 킨트니까 말이야.

그런 식으로 나는 동물원을 찾아가. 그런데 내가 동물원을 가지게 되면 어떤 기분일까, 지금 생각하려는 거야. 한 번도 동물원 같은 것은 가져본 적도 없고, 당연하잖아? 또 동물원을 가지고 있다는 사람을 만나본 적도 없으니까. 혹은 동물원을 가지고 있는 사람을 만나보았다거나 그런 사람을 알고 있다는 말을 풍문으로라도 들은 적이 없어. 동물원을 가지고 있는 사람은 어떤 사람일까? 나는 이 세상의 어떤 백만장자보다 더 그들이 궁금해. 그러니 동물원을 가지고 있다는 것이 어떤 기분인지 전혀 알지 못하는 것도 너무 당연해. 그러면, 이제 내가 정말 동물원을 가지고 싶은 거냐고 묻고 싶겠지? 당연하잖아. 동물원 말고 또 무엇이 갖고 싶을 거라고 생각해? 이제는 내가 동물원을 가지게 되면 무엇을 할 것인가를 생각해야 해. 일단 동물원에 바로크 음악을 틀겠어. 나는 밤이나 이른 새벽처럼 동물원이 문을 열지 않는 시간에 동물원을 산책하겠어. 하나하나의 동물 우리에 들어가서 말이야. 수의사의 조수로 직접 일하겠어. 그리고 청소를 해야겠지. 냄새가 지독하다는 것쯤은 잘 알고 있어. 특히 돼지와 고양잇과 동물들은 아주 지독하지. 그래도 동물원을 좋아하는 사람들에게는, 그런 따위쯤은 아무 것도 아닌 법이야. 일 주일에 오 일 동안 동물원에 머물기를 원해. 그것은 특별할 것도 없는 것이, 동물원 산책은 언제나 해오고 있는 것이니 말이지. 물론 내가 갖게 되는 동물원에는 희귀한 판다나 도구를 사용해서 조개를 깨먹는 수달이나 재주를 피우는 돌고래 같은 것이 있을 턱이 없어. 그런 것은 너무 비쌀 테니까 말이야. 다 늙어빠진 코끼리나 염소를 닮은 산양떼거나 오종종한 일본원숭이 무리가 고작일 거야. 사실 그런 지루한 동물원에 굳이 돈을 내고 들어오려는 사람도 많지 않을 거야. 그러므로 내가 가지게 될 동물원은 찾아오는 사람도 거의 없는, 이상한 동물원이 되고 말 거야. 나는 굳이 한밤이나 새벽이

동물원 킨트

아니더라도 혼자서 산책할 수 있는 시간을 많이 갖게 될 것이 분명해. 그러니까 내가 동물원을 가지게 되든 그렇지 않든 그 안에서 내가 할 수 있는 일은 크게 다르지 않아. 그러나 언제나 동물원 안으로 들어오면, 나는 동물을 구경하면서 산책하는 따위의 일 말고 뭔가 다른 결정적인 것을 잊고 있다는 기분이 강하게 들어. 즉, 완전하게 행복해지지 못하는 거야. 그것이 내가 동물원을 갖지 못해서가 아닐까 생각되는 중이야.

  동물원을 산책하는 사람들은, 그러니까 단순히 공원이나 진귀한 구경거리를 원하는 것이 아닌, 정말로 동물원이라는 곳을 산책하는 사람들은 따로 있는 법이지. 그들은 동물원을 유원지로 생각하지 않거든. 그래서 날씨가 나쁜 겨울 오후에, 금방이라도 비가 쏟아질 것만 같고 추위 때문에 야외에서 동물을 구경하는 일이란 엄두도 나지 않는 그런 날씨에 그들은 동물원으로 오는 거야. 그런 날에는 정말로 동물원 킨트들만이 동물원을 산책하지. 그들은 대개 동반자를 데리고 오지 않아. 그들은 머플러를 둘러매고 모자를 눌러쓰고 그리고 말이 없어. 날씨 나쁜 겨울 오후, 동물원은 거의 비어 있어. 돼지우리의 먹이를 노리고 까마귀떼가 흐린 하늘을 송두리째 뒤덮을 정도로 몰려들지. 그런 곳을 어슬렁거리다보면 비슷한 사람을 반드시 만나게 되는 거야. 그들은 남아도는 시간을 주체할 수 없는 실업자이거나 달리 다른 오락을 가질 여유가 없거나 친구를 구하는 데 실패한 연금생활자인 것처럼 보이려고 애쓰지만, 같은 부류들은 서로 속일 수가 없어. 그들은 동물원 킨트야.

　어린아이들은 누구나 동물원을 좋아해. 봄부터 가을까지, 그들은 색색의 풍선을 불어대고 요란한 모자를 쓰고 소란스럽게 뛰어다니고 보아뱀이나 오랑우탄 같은 것을 보려고 시끄럽게 굴지. 그들이 바로 동물원은 어린아이들을 위한 장소라는 세상의 오해를 만들어내는 장본인이야. 동물원에서, 그들은 언제나 거대하고 대다수를 차지하는 예외 그룹이야. 대개의 경우 부모들은 한시도 가만히 있지 않는 정신 나간 꼬마들의 주의를 돌려보려고 동물원에 데리고 오거든. 그들을 데리고 갈 곳이 마땅치 않으니까 어쩔 수 없잖아. 그러나 사실 동물원은 지루한 장소야. 위험하지 않은 동물들을 직접 만져보거나 할 수 있게 만들어놓은 동물원도 있지만, 어린이 동물원이나 체험학습장 같은 곳들은, 그것들이 최근에는 거의 대개의 동물원에 마련되는 추세라고 해도, 동물원의 예외적인 면에 가깝지. 아이들이 자라면, 약속이라도 한 듯이 동물원 같은 곳에는 일부러 찾아가지는 않아. 적어도 그들이 다시 아이를 갖게 되기 전까지는 말이지. 간혹 굉장히 소심하고 얌전한 커플들이 데이트하러 오기도 해. 그러나 그들이 동물원을 찾는 기간은 절대로 길지 않아. 얼마 지나지 않아 그들은 더이상 소심하지도 않고 얌전하지도 않게 되므로 굳이 동물원이라는 곳이 필요하지 않거든. 그리고 간혹 희귀한 동물 앞에서 사진을 찍고 싶어하는 사람들이 동물원으로 와. 그들은 인상을 쓰고 있는 고릴라나 중국에서 기증받은 판다나 분홍빛 아프리카 홍학의 무리 앞에서 사진을 찍은 다음 종종걸음으로 사라지지. 동물원 킨트는 단지 계속해서 길을 걸어. 그들은 날씨가 나쁘고 우울해져서, 비명을 지르는 뭉크의 그림 속에 있다고 느끼게 되는, 그런 날들을 좋아해. 그런 날 동물원을 향해서 걸음을 옮기다가, 그들은 갑자기 알게 돼. 그는 동물원 킨트였던 거야. 자기 자신이 동물원 킨트라는 사실을 알게 되는 때는, 어느 흐린 날, 동물원으로 가는 거리 한가운데서 갑자기, 자신을 제외하고는 주변에 더이상 정기적으로 동물원으로 가는 친구들이 하나도 없다는 것을 깨닫게 되는 순간이야. 자신을 제외하고는 모두들 동물원이라는 장소가 지금도 세상에 존재하는지에 대해 한없이 회의적인, 그런 친구들만을 만나게 될 때, 그럴 때야. 동물원에 가기 위해 다른 것을 버릴 수도 있다는 생각이 들면, 그리고 이미 그렇게 했다면, 그리고 어떤 여행지에서라도 가장 먼저 그 도시의 동물원을 찾아간다면, 또한 동물원을 혼자 찾아갈 때가 가장 즐겁다는 것을 알게 되면, 그는 이미 동물원 킨트야.

동물원 킨트가 고독하기 위해 혼자 동물원에 간다고 생각하지는 않아. 물론 그런 방법을 즐길 수도 있겠지만, 고독 말이야, 진실은 조금 다른 곳에 있어. 동물원은 다른 누구와 쉽게 나눌 수 있는 그런 장소가 아니기 때문이야. 그곳은 지루한 장소야. 텔레비전에 등장하는 동물들처럼 동물원의 동물들이 사람을 즐겁게 해준다고 진심으로 믿는 사람은 없잖아. 그런 장소를 좋아해서 그곳을 산책하고 싶다면, 그 기분을 어떻게 다른 사람들과 쉽게 나눌 수 있겠어? 동물원은 극장이나 유원지나 관광지가 아니잖아. 문제는 동물원 킨트가 자신이 왜 그렇게 동물원이라는 장소에 이끌리는지 분명하게 설명하기 힘들다는 데 있어. 나는 동물원을 좋아합니다, 라고 말하면 대개는 아, 동물을 좋아하시나보군요, 아니면 야생동물 보호주의자이신가봅니다, 혹은 자연생활 애호가이신가요? 그것도 아니라면…… 아, 당신은 선천적인 야성이 문명화된 동물원 속에 갇혀 있음을 철학적인 불행으로 느끼는 사람이군요, 이런 대답이 돌아와. 동물원이 동물 보호나 자연과 혹은 야성과 무슨 관련이 있다는 건지 잘 모르겠어. 동물원은 그 자체로 분명한 도시의 상징이야. 도시나 문명이 없었다면 당연히 동물원도 없었겠지. 즉 동물원은 버섯으로 만든 구역질나는 건강식보다는 훨씬 더 인스턴트식품에 가까운 거야. 당연하잖아? 그래서 나는 그런 것들을 비판하려는 생각이 조금도 없어. 다들 욕하고 있는 문명 말이야. 동물원 킨트는 다른 사람들보다 특별히 더 동물이나 자연이나 전원을 사랑하는 것이 아니야. 단지 그들은 다른 사람들보다 특별히 더 동물원이라는 장소를 사랑할 뿐이야. 이해하겠어?

그렇지만 동물원을 가지는 것이 어떤 기분일까 상상하는 것은 동물원 킨트에게도 쉬운 일은 아냐. 아마도 동물원을 가진다는 것은 상당히 많은 돈이 필요한 일일 거야. 백만장자에게나 가능한 일이 아닐까. 동물원은 보통의 집과는 비교할 수 없을 정도로 넓고 동물들이 종별로 살 수 있는 집을 지어주어야 하고 매일 싱싱한 고기나 건초와 같은 밥을 주어야 하니 말이지. 그리고 청소를 하려면 혼자서는 힘들지도 몰라. 돈으로 환산되는 동물원이란, 동물원 킨트에게는 아주 낯선 일이야. 대부분의 경우 그들은 백만장자가 아니거든. 그들 중 아주 적은 사람들만이 백만장자인 먼 친척을 가지고 있거나 아니면 그런 사람을 그저 이름 정도 알고 지낼 뿐일 테니 말이야.

동물원을 가진다는 것은 아주 특별한 일이야. 유럽에 성을 가진다거나 쿠바에 호텔을 가진다는 것과는 비교도 되지 않아. 그것은 신나는 일이라기보다는 가슴이 두근거리는 일에 가까워. 대개 이 세상의 좋은 일은 그 두 가지의 감정으로 나눠질 수 있으니 말이야. 동물원을 가지는 방법에는 우선 크게 두 가지가 있을 수 있겠지. 이미 있는 기존의 동물원을 사들이거나 아니면 공간을 확보한 다음 동물원을 새로 짓고, 그리고 동물들을 모으는 거야. 물론 다른 방법도 있을 수 있겠지. 동업자를 찾는다든가, 주주를 모으고 은행에서 융자를 받고 장소나 동물을 기부해줄 사람을 모으고 하는 과정. 그런 것을 생각하고 있으면 머리가 좀 아파. 기존의 동물원 중에서 비교적 한적한 곳에 있어서, 연착되는 기차를 기다리는 사람들이나 가끔 들어올 뿐인 그런 동물원을 나는 찾고 싶어. 혼자서 하루 종일 어슬렁거리거나 하마 수족관 앞 벤치에 하염없이 앉아 있어도 시선이 신경쓰이지 않는 그런 동물원 말이야. 풍선이나 아이스크림 따위는 팔지 않는 동물원. 지도를 펼쳐놓으면, 세상의 그 많은 도시에 존재하는 모든 동물원. 떠들썩하지 않은 개인 동물원. 내가 아직 만나지 못했고 생각할 수 없는 종류의 동물원. 그런 동물원을 만나게 되거나, 갖고 싶어.

짐승의 눈

의사에게 말했어.

"내 시력이 점점 떨어지고 있어요."

그것은 단순히 시력이 떨어지는 것이 아니고 정확하게 말해서 사물의 초점이 분산되어 보이는 거야. 어두운 동굴에 있다가 갑자기 엄청나게 밝은 빛 가운데로 나왔을 때의 현상과 비슷해. 초점뿐 아니라 원근감이 상실되고 눈부심이 너무 심해 눈을 뜰 수 없을 때도 많아. 조금이라도 멀리 떨어져 있는 글자를 읽으려고 하면 얼마간 그 글자에만 집중하고 있어야 해. 그런 식으로 시간이 지나면 간혹 글자가 보이기도 하지. 그러나 눈이 아프고 눈물이 흐르는 것을 참을 수는 없어. 즉, 내 시신경은 탄력 있게 반응하지 않아. 그러나 나는 그 모든 현상을 자세히 설명할 능력이 없었어. 단지 나는 잘 보이지 않는다, 책을 보거나 영화를 보면 언제나 눈이 아프다, 눈뿐 아니라 머리까지도 아프다, 고 말하는 수밖에 없었어. 의사는 내 시신경이 쇠약해졌기 때문에 생긴 현상이라면서 더이상 눈을 혹사하지 말라고 했어. 하루 종일 책을 보거나 화면을 들여다보거나 작은 활자에 집중하거나 하지 말라는 거지.

"만일 내가 계속해서 책을 보거나 글을 쓰면 어떻게 되죠?"

내가 물으니 의사는 단 한마디로 대답했어.

"실명."

그러고는 덧붙였어.

"쉬운 단어니, 이해할 수 있겠지요?"

"그렇다면 동물원에 가는 것은 문제가 되나요?"

의사는 갑자기 이해할 수 없다는 듯 나에게 물었어.

"동물원에서 무엇을 한다는 뜻입니까? 당신은 동물원에서 일하나요?"

"아닙니다. 나는 동물원에서 일하지 않아요. 그곳에서 특별히 하는 것은 없어요. 나는 동물을 보고, 그리고 산책을 하죠. 가끔 동물원 우리 앞에 적힌 동물에 관한 글을 읽기도 합니다만, 그것은 그리 눈을 혹사하는 일은 아니라고 생각해요."

"그렇다면 상관없어요. 하지만 눈의 증상이 심해지면, 언제든지 다시 병원에 오는 것이 좋겠군요."

"내가 안경을 써야 할 필요가 있나요?"

"그럴 필요는 없어요."

의사는 웃으면서 말했어. 나는 이미 여러 군데 병원을 다녀보았기 때문에 안경 따위가 내 눈에 도움이 되지 않는다는 것을 알고 있었어. 즉, 나는 언젠가 결국 시력을 잃게 될 거야. 실명이라는 쉬운 단어로 표현되는 것 말이야. 단지 비타민A를 열심히 먹는 것만으로는 어떻게 막아보지 못하는 거야. 모든 의사들이 나에게 읽지도 쓰지도 말 것을 명령하곤 해. 글을 읽지도 쓰지도 못한다면 나는 일할 수도 없고 돈을 벌 수도 없으니 그것은 불가능한 일이잖아. 그러나 나는 완전히 시력을 잃은 것이 아니므로 시각장애인으로 관청의 도움을 바랄 수도 없어. 내가 할 수 있는 일은 아무것도 없어. 실명의 순간을 지연시키면서, 그러면서 동시에 실명의 순간을 기다리는 거야. 그 시기라는 것이 의사들마다 견해가 달랐어. 심지어는 내가 조심하면 몇 년이고 시력을 잃지 않을 수도 있다는 낙관적인 전망을 조심스럽게 제시하는 의사도 있었어. 그런가 하면 내게는 참 어려운 순간인데, 한쪽 눈이 뿌옇게 흐려지면서 두 눈의 시력 차가 현저하게 커질 때가 있어. 그런 현상이 자주 발생하면 이제 아무 가능성이 없으니 마음의 준비를 하라고 말하는 의사들도 있었어. 나는 한 달에 두 번, 의사에게 가서 시력검사를 받고 약을 받아오지. 나는 어디나 자전거를 타고 가. 지하철 티켓 값을 절약하는 좋은 방법이기 때문이지. 나는 의사에게 가. 나는 수영하기 위해 수영장으로 가. 일 주일에 두 번, 타이 식당으로 가서 일해. 나는 커피를 사기 위해 보도의 상점으로 가. 머리를 자를 때가 되면 나는 수의사의 집에 가위를 빌리러 가. 월요일은 먹을 것을 사기 위해 슈퍼마켓으로 가지. 배추와 국수와 파프리카와 감자 등등 내가 좋아하는 것들을 잔뜩 사들여. 책을 읽고 음악을 듣기 위해 나는 두스만으로 가. 그리고 거의 매일 나는 동물원으로 가. 나는 사실 동물원에서 새로운 일자리를 구하기를 희망하고 있어. 일 주일에 두 번 일하는 타이 식당의 수입만으로는 아무래도 부족하니 말이야. 그래서 나는 동물원의 사무실에 내 서류를 제출해보려고 하고 있어. 그들이 원하는 것은 수의사와 수의사 보조이고 나는 동물원에서 일해본 경험이나 자격증이 없으므로 가능성은 그다지 크지 않아. 일자리를 구하는 사람들이 엄청나게 많으니 신청서를 접수하는 데만 한참을 줄서서 기다려야 할지도 몰라. 눈에 문제가 본격적으로 생기기 전에 나는 도서실에서 오래된 신문과 책 들을 뒤적이면서 눈에 띄는 것들을 메모지에 끄적이곤 했어. 그런 식으로 하다가 괜찮은 내용을 건지면 나는 그것을 내 식으로 그럴듯하게 포장해서 잡지사로 보내곤 했어. 운이 좋으면 내 원고가 팔리기도 하니까. 딱 한 번 그런 식으로 고정 칼럼난을 얻은 적도 있어. 일 년 남짓 지나 그 잡지사가 문을 닫는 바람에 그만두게 되었지만 말이야. 그런 식으로 해서 수입이 좋으면 나는 아주 가끔 여행을 하기도 했어. 대개는 동물원이 있는 지방 도시들이었어. 내가 정말로 가고 싶었던 곳은 다마스쿠스야. 그런데 나는 아직 그곳에 가보지 못했어. 다마스쿠스는 지금껏 내가 가본 도시 중에서 가장 멀리 있는 도시처럼 느껴져. 그리고 내가 알고 있는 세상의 모든 도시 중에서 가장 오래된 곳이기도 해. 그런데 이제 눈이 보이지 않게 된다면, 다마스쿠스의 구시가지가 무슨 의미가 있겠어. 그러므로 나는 실명하기 전에 다마스쿠스에 가든가 아니면 아예 그 생각을 접든가 두 가지 중의 하나를 선택할 수 있는 거야. 나에게 다마스쿠스에 관해 이야기를 해준 사람은 보도의 상점에서 만난 전기 기술자였어. 그는 나에게 당신이 만일 구시가지를 좋아한다면, 하고 정중하게 단서를 붙였지.

만일 당신이 구시가지를 좋아한다면, 당신은 그곳에서 수천 년 전의 다마스쿠스를 발견할 수 있을 겁니다. 그곳의 모든 것은 너무나 아름답고, 그리고 낡았습니다.

나는 그 이름을 들은 순간을 잊지 못해. 내가 그곳에 동물원이 있습니까? 하고 물어보려고 하는데 그는 이미 등을 돌리고 사라져버렸어. 다마스쿠스, 하고 나는 입속으로 한번 발음해보았어. 그것은 나에게 이상하게도 짐승의 눈동자를 연상시켰어.

동물원의 입장료는 내게는 너무 비쌌어. 나는 거의 매일 동물원에 가니까 말이야. 매일 지불하기에는 당연히 부담스러운 돈이지. 잡지에 간혹 쓰곤 하던 글을 더이상 쓰지 못하게 되면서 내 수입은 많이 줄었어. 그러므로 나는 돈을 절약할 필요가 있었어. 보도를 만나지 않는 저녁에는 나는 언제나 집에서 끼니를 만들어 먹었어. 일단 솥에 밥을 하고 파와 버섯과 달걀을 넣은 된장국을 끓여. 그다음에 양파와 파프리카를 기름에 볶는 거야. 모든 것은 그다지 어렵지 않아. 그리고 밥 위에 된장국을 살짝 뿌리고 볶은 야채를 얹은 덮밥을 만들어 먹는 거지. 예전에 사치스러운 식사가 하고 싶을 땐, 거기에다가 훈제연어나 새우튀김을 얹어 먹기도 했지만 이제 그런 것은 포기했어. 내가 동물원을 갖는 꿈을 꾸기 시작한 것은, 말하자면 입장료 때문이기도 했어. 그것이 너무 비쌌으니 말이지. 내 동물원이라면, 나는 입장료를 내지 않고도 들어갈 수 있을 테니까. 아니면 그 안에서 살고 있을 테니까. 밖으로 나올 필요조차 없을 테지.

지금 나는 책상에 엎드려 한 자 한 자 새기듯이 어렵게 글자를 쓰고 있어. 글자를 오래 들여다보면 정말 눈이 아프거든. 눈동자가 분열되는 느낌이야. 동물원의 직원 채용 양식이야. 서류를 제출해야 하는 날까지는 아직 시간이 많이 남았어. 양식을 채우는 것은 그다지 어렵지 않아. 내 이름, 출생연도와 출생지 그리고 주소, 결혼 여부, 국적, 범죄 경력, 그런 것들이 전부야. 전부 의례적인 내용들이지. 그리고 사진 한 장. 나는 양식에 첨부해야 할 어떤 종류의 경력이나 자격증도 갖고 있지 않았어. 어차피 가진 거라곤 거주자등록증뿐이었으니까. 그런데 또 하나, 동물원의 모니터링이 필요했던 거야. 그래서 나는 지금 이것을 쓰고 있어. 나는 동물원에 간다, 단지 그 하나의 문장으로 표현되는 모든 것들을 나는 지금 설명하고 있는 거지. 동물원이 그것을 원해.

아마도, 동물원의 모니터링이라는 것에도 특정한 양식이 있을지도 모른다는 생각이 들어. 어쩌면 대학이나 그런 곳에서 '동물원의 모니터링'이라는 세분화된 과목이 있어서 그곳에서 자세한 것들을 가르치고 있을지도 몰라. 그 내용이라든가 형식에 대해서 말이야. 요즘의 대학은 상상하지도 못한 것들을 다 가르친다고 하니까. 만약 정말로 그렇다면 나만 모르고 있는 셈이지. 그러나 대충 짐작은 할 수 있어. 그러니까 동물원 전체를 하나의 대상으로 삼아서 그것에 대한 객관적인 평가를 하고 과학적인 근거를 바탕으로 개선할 점을 찾고, 거기다가 자신의 독창적인 아이디어를 첨가해서, 자신이 동물원에 반드시 필요한 사람이라는 것을 증명해 보이는 거야. 분량은 논문 한 권만큼의 두께이거나 혹은 단지 서너 줄뿐이라도 상관없겠지. 모니터링이라는 것은 단지 개요에 지나지 않는 정도의 것만 보여주면 되는 것인지도 몰라. 혹은 단지 나처럼 자격증이나 경력이 없어서 자신의 유용함을 증명할 자료가 빈약한 사람들을 위해 형식적으로 만들어놓은 것인지도 몰라. 그러므로 정확한 방향을 잡으려고 애쓰는 사람들에게 이것은 매우 당황스러운 형식이야. 지원 양식에는 단지 이렇게 표시되어 있을 뿐이거든.

첨부서류, C항
당 동물원의 모니터링
분량, 제한 없음
형식, 제한 없음

물론 나는 직접 방문하거나 아니면 전화를 걸어서 그 제한 없음, 이라는 것에 대해 문의할 수도 있을 거야. 재생지에 인쇄를 해도 상관없을까요? 분량이 반 페이지밖에 안 되는데 문제가 되지 않겠죠? 시점을 일인칭으로 해서 쓰려고 하는데 어떻게 생각하시나요? 제목이 따로 있어야 합니까? 난 제목을 만들었어요. 동물원 킨트입니다. 그런 식의 제목을 달아도 상관없을까요? 등등. 그러나 나는 그렇게 하지 않았어. 나는 그냥 제한 없음, 이라는 단어를 말 그대로 믿기로 한 거야―사실 그렇게 믿고 싶었던 것 같아. 또 다른 첨부서류에 건강진단서가 없는 것은 나에게 다행이었어. 만일 그렇지 않다면 나는 곧 실명할 것임, 이라는 진단서를 첨부할 수밖에 없을 테니 말이야. 처음부터 나는 동물원의 시스템에 대해 과학적으로 분석해서 쓸 생각 따위는 없었어. 어차피 동물원의 시스템에 대해서는 아무것도 모르니까. 당연하잖아. 내가 동물원에 접근한 이유는, 나는 단지, 동물원 킨트일 뿐이라는 것, 그것 하나니까. 그러니까 동물원의 시스템 따위에 대해 모르는 것이 당연해. 나에게는 그런 것들이 중요하지 않거든. 물론 동물원의 입장에서는 중요할 수도 있겠지. 그래서 사실, 동물원 킨트는 동물원에 일자리를 얻으려고 해서는 안 돼. 절대로, 결코 아무것도 설명할 수 없으니 말이지. 단지 눈이 곧 보이지 않게 되어서 다른 일을 구할 수 없는 경우만 제외하고는. 나는 동물원 킨트이면서, 동시에 그것을 속여. 그것을 말하지 않아. 나는 동물원 킨트이면서 동시에 동물원에 일자리를 구하려고 하고 있으니 말이야. 나는 동물원에 간다. 이것이 동물원 킨트가 설명할 수 있는 전부야. 더이상의 설명은 모욕이야. 규정되는 것도 모욕이야. 그런데 나는 지금 동물원에 제출해야 할 모니터링 원고를 쓰고 있는 거야. 나는 동물원에 간다. 이 도시에 있는. 그리고 또 다른 도시에 있는. 그리고 다마스쿠스, 그 짐승의 눈동자에 있는. 내가 거짓 없이 할 수 있는 말은 그것이 전부야.

하마

하마가 끌고 다니는 유아차 덮개를 들춰보면, 똑같이 생긴 두 아이가 잠자고 있어. 쌍둥이지. 얼굴이 아토피 피부처럼 빨개. 하마는 유아차를 세워두고 R1 담뱃갑을 주머니에서 꺼낸 다음 담배를 입에 물고 불을 붙여. R1은 때로 텅 빈 담배라고 불릴 정도로 순하게 느껴지는 담배야. 그렇다고는 해도 담배는 담배지. 다른 것이 될 수는 없잖아. 그렇게 짜증날 정도로 맛이 빈약한 담배를 피운다는 것은, 즉 하마가 체인스모커라는 뜻이야. 게젤샤프트 스모커니 위크엔드 스모커니 하고 사람들이 말하는 것은 모두 체인스모커들의 낯간지러운 다른 이름일 뿐이라고 하마는 생각하고 있어. 질병에 대한 공포 때문에, 자신을 체인스모커라고 공식적으로 인정하지 않는다는 거야. 그렇지만 하마 자신도 타르 함량이 적어서 R1을 피우는 것이니 말이야. 하마를 처음 만났을 때, 비가 부슬부슬 오는 흐린 날인데도 하마는 유아차를 끌고 동물원의 하마 수족관 앞에 서 있었어. 수족관이 실내에 있기는 하지만, 그날은 결코 동물원을 산책하기에 적당한 날씨는 아니었어. 따뜻한 히터 옆에 앉아 다리를 책상에 올리고 차를 마시면서 책이나 읽기에 좋은 날씨였지. 창밖으로 비가 내리는 것을 보면서 말이야. 이런 날 외출할 일이 없다는 것에 대해 감사하면서. 하마가 끌고 있던 것은 내가 본 것 중에서 가장 큰 이 인용 유아차였어. 거의 작은 자동차만 해 보였어. 게다가 먼 거리를 산책할 수 있게 튼튼하게 만들어진 커다란 바퀴에다가 짐을 싣는 작은 바구니도 달려 있었고, 접었다 폈다 할 수 있는 덮개는 지붕을 연상시키는 거였어. 그리고 그날처럼 비가 오거나 바람이 불거나 기온이 낮은 날 아기들을 보호하는 비닐 천막이 따로 달려 있고 말이야. 하마는 우산을 쓰지 않았어. 그건 나도 마찬가지였지만, 하마는 아마 그런 유아차를 끌면서 우산까지 쓸 엄두를 내지 못했을 거야. 그런 날씨에는 당연한 일이지만, 하마 수족관 건물 안에는 아무도 없었어. 하마는 키가 크고, 나보다 머리 반쯤만큼 더, 몹시 깡마른 몸을 하고 있었어. 무릎뼈가 커다랗게 튀어나온 것을 제외한다면, 많이 양보해서 그런대로 괜찮다고 할 수도 있는 몸매였어. 머리칼은 짧고 뻣뻣했어. 코는 들창코였지만 입술은 아주 멋졌어. 입술에는 피어싱을 했다가 뺀 자국이 남아 있었어. 가죽부츠를 신고 허리를 졸라맨 흰 레인코트를 입고 있었는데 내 시선에 개의치 않고 콧구멍으로 담배연기를 자신만만하게 뿜어냈어. 한 손을 유아차 손잡이에 올리고는 있었지만 유아차 따위는 신경쓰고 싶지 않다는 태도가 역력했지 뭐야. 그때는 물론 난 하마가 그 아이들의 어머니가 아니라 단지 베이비시터에 지나지 않는다는 것을 몰랐지만, 분명 그렇게 보였어. 담배를 다 피우고 나자, 그녀는 수족관 안의 하마들에게는 단 한 번의 시선도 주지 않고 유아차를 끌고 성큼성큼 걸어가버렸어. 그때 나는 이미 그녀를 하마라고 부르기로 마음먹고 있었어. 그녀의 외모가 특별히 마음에 들었다는 뜻은 아니야. 그녀는 너무 키가 컸고 지나치게 사내아이 같은 느낌을 주는, 말하자면 무뚝뚝하고 거친 느낌이지, 그런 여자였는데 난 아직 그런 여자애를 만나본 적이 없었거든. 그러므로 그녀에 대한 느낌을 결정하는 데는 좀 시간이 걸릴 거라고 생각했지. 그날 이후 하마는 나처럼 규칙적으로 동물원을 방문하는 것 같았어. 그리고 반드시 하마 수족관에 들르는 것도 같았어. 하마 수족관 앞에는 벤치가 하나 있었는데 사람들은 거기 앉아서 수족관에서 하마들이 움직이는 모습을 더 차분히 볼 수가 있어. 예를 들자면 하마들이 언제나 물속에 잠수해 들어가서 똥을 눈다가나 하는 장면들이지. 하마는 언제나 유아차와 함께였어. 복장도 언제나 같았어. 검은 가죽부츠에 흰 레인코트, 함부로 잘라놓은 듯한 짧고 삐죽한 머리칼, 입술의 피어싱 자국, 검은 눈썹과 불거진 광대뼈, 도무지 어디에 진지하게 집중하는 법이 없는 시선. 난 하마가 동물원 킨트가 아니라는 것을 금방 알았어. 하마는 단지 유아차를 끌고 산책을 나올 가장 적당한 장소를 찾은 것에 불과해. 유아차가 없다면, 하마는 결코 동물원으로 산책을 나올 여자애가 아니야. 얼마 지나지 않아 우리는 벤치에 나란히 앉아 이런저런 얘기를 나누게 됐어. 물론 그녀가 가지고 있는 R1도 함께 나누었지. 처음에 나는 이 쌍둥이가 네 아이들이야? 하고 물었겠지. 그러자 하마가 냉큼 대답하기를, 뭐라고? 똥같이 재수 없는 소리 하지 마, 했어. 그렇게 시작됐어.

이야기를 시작한 지 한 시간쯤 지나자 나는 마침내 참지 못하고 하마에게 동물원에 관해 말하고 말았어. 바로 내 동물원 말이야. 그 한 시간 동안 끊임없이 대화를 했기 때문에 이미 오래전부터 알고 있었던 듯한 그런 느낌이 든 참이었으니까. 그러나 하마는 내 코앞에서 크게 웃었어.

"뭐라고? 개인 동물원이라고? 동물원을 가지겠다고? 너는 왕이 아니잖아. 그런 생각을 하는 것을 보니 넌 분명히 희극적인 면이 있어."

하마가 입을 너무 크게 벌리고 웃었기 때문에 그녀의 목구멍으로 내 머리를 밀어넣을 수 있을 정도였어. 물론 그런 짓을 정말 했다면 하마가 분명히 화를 냈겠지만 말이야.

내가 계속 납득할 수 없다는 표정을 보이자 하마는 차근차근 설명했어.

"모르고 있나본데, 지방의 영주들이나 왕들만이 숲과 사슴을 가질 수 있었어. 사냥터 말이야. 정말 그걸 모르는 거야?"

"그건 역사책에 나오는 이야기일 뿐이야. 그리고 나는 사냥터를 말하는 게 아니고 동물원을 말하는 거야."

나는 항의했어. 하마가 나를 조롱한다는 생각이 들어 마음이 상했어. 조롱당하는 것에 크게 신경쓰는 편은 아니지만 하마에게 그런 식으로 평가받는 것은 싫었거든. 하마는 그러나 내 반응에 신경쓰지 않고 흥, 하고 코웃음을 쳤어.

"동물원의 유래는 결국 사냥터야. 넌 그걸 모르는구나. 넌 기껏해야 그런 사냥터지기 꼬마 정도나 될 수 있을 게 분명해."

"난 동물원 킨트야."

하마는 더 큰 소리로 코웃음쳤어.

"말도 안 되는 소리. 그런 단어는 들어본 적이 없어. 도대체 그게 뭐지?"

"동물원을 갖고 싶어하거나, 그곳에 계속해서 있고 싶어하거나, 그곳을 찾아간다거나, 그곳에 속하고 싶어하는 거야. 혹은 그것이 되고 싶어하는 거야. 서서히 말이야."

정의하는 일은 언제나 자신이 없지만 그렇게 대답했어. 그러나 그것은 정확한 것이 아니야. 하마의 태도는 어느 정도 공격적이었고 나는 어느 정도 함락되고 있었기 때문에, 서서히 말이야, 냉정하게 생각할 수 있는 여유가 없었던 거야. 하마는 특별한 말투와 목소리, 그리고 태도를 가지고 있었어. 처음에 하마와 이야기하게 되는 사람들은 그녀가 상당히 거칠거나 막돼먹었다고 생각할 수도 있어. 그러나 그런 인상들 때문에 내가 하마에게 함락된 것은 아니야. 하마는 나에게 어느 장소를 연상시켰어. 아직은 내가 알지 못하지만 미래의 어느 날에 만나게 될 그런 장소를. 장소란, 너무나 많은 요소에 의해 규정되는 것이기 때문에 하마의 그 장소가 어떤 것인지 설명할 수는 없어. 단지 내가 그 일부가 되고 싶다는 마음이 강렬할 뿐이야.

그후로도 언제나 하마는 무언가가 마음에 들지 않을 때는, 흥 하고 짧게 코웃음을 치고는 마르고 긴 팔로 유아차를 끌면서 성큼성큼 걸어가버리곤 했어. 월요일과 화요일과 목요일, 일 주일에 세 번 규칙적으로 하마는 동물원으로 나왔어. 말 그대로 비가 오나 눈이 오나 말이지. 월요일과 화요일과 목요일에 하마는 쌍둥이를 돌봐주거든. 그날이 박사과정을 밟고 있는 쌍둥이의 엄마가 대학원에 가는 날이래. 박사가 되기 위해 공부하는 사람들은 대체 어떤 사람들일까? 잠시 동안 궁금했어. 나머지 날들은 양로원 아르바이트를 한다고 했어. 양로원 아르바이트는 일요일에도 일해야 하는 경우가 많다고 했어. 말은 하지 않지만 아마 하마는 피곤할 거라고, 나는 생각했어. 굉장히 말이야. 그래서 때로 하마가 신경질적이거나 무례한 경우도 참아주어야겠다고 다짐했지. 사실 하마는 자주 그런 식으로 화를 냈거든.

하마에게는 남자친구가 두 명쯤 있어. 그 둘은 서로 사촌간이라고 했어. 남자친구라고 해도 심각한 정도의 사이는 아니고, 가끔 만나서 밥을 먹고 영화관에 가거나 하는 정도의 사이라고 했어. 더이상 다른 무엇을 하기에 하마는 일이 너무 많았으니 말이야. 나는 그 둘의 사진을 봤어. 하마와 함께 셋이서 찍은 사진이야. 과연 그 둘은 친형제라고 해도 좋을 만큼 닮았어. 친형제 중에서도 아주 닮은 친형제 말이야. 그것은 어느 역에서 찍은 사진이야. 밤기차를 기다리는 듯, 그들은 대합실 바닥에 쭈그리고 앉아 있었어. 그들의 뒤로는 사람들의 발과 구두가 보였어. 그리고 커다랗고 긴 바늘의 끝처럼 보이는 것이 그들 뒤로 놓여 있었어. 그 가장자리에는 울타리가 둘러져 있고 말이지. 나는 물이 나오지 않는 분수일지도 모른다고 생각했어. 그들은 아마도 긴 여행 중이었고, 중간에 여러 시간 기차를 기다려야 하는 상황에 빠진 것처럼 보였어. 하마는 아주 지친 표정을 하고 있었거든. 그들의 배낭이 발치에 놓여 있고 두 사촌 중의 한 명은 손에 붕대를 감고 있었어. 여행 중에 등산 나이프를 잘못 쓰다가 다쳤다고 했어. 그가 다친 장소가 어디였는지는 잘 기억나지 않지만, 북쪽 지방의 도시라고 했어. 그들은 마침 길에서 약사를 만나, 그가 그들을 자신의 집으로 데려가 상처를 치료해주고 붕대를 감아주었다고 했어. 그들은 기차에서 잠을 자면서 북쪽 지방을 여행한 다음, 남쪽으로 가려고 기차를 기다리고 있는 중이라고 했어. 사진 속의 두 사촌은 언뜻 보아서는 둘 다 스무 살을 넘지 않은 것 같았어. 둘 다 얼굴빛이 창백하고 입술이 얇은, 아주 섬세해 보이는 인상이었어. 그들이 마치 잔인하고 슬픈 전쟁영화를 보고 막 극장에서 나온 소년들처럼 입술을 떨고 있는 것이 사진에서 느껴질 정도였으니 말이지. 하마는 흰 레인코트가 아닌 베이지색 방수 재킷을 입고 있었는데, 너무 커서 어깨 부분이 축 처져 있었어. 누군가에게서 빌려입은 것처럼 말이야. 두 사촌은 같은 모양의 군화를 신고 검은색 진 재킷을 걸쳤어. 그리고 그중의 한 명이 손에 리모컨을 들고 있어. 카메라의 리모컨 말이야. 그들 중에 만일 캡틴이 있다고 가정한다면, 이 단어는 좀 이상하지만, 그것은 하마였어. 그렇게 보였어. 비록 하마가 가장 지쳐 있고 그리고 오른편의 사촌에게 몸을 기대듯 기울인 채 거의 쓰러져 있다고 해도 말이지. 눈이 아플 정도로 오래 들여다보고 있자니 두 사촌이 점점 비슷해지더니 마침내는 쌍둥이처럼 같아 보였어. 짧은 머리를 하고 반바지를 입은 채 뜨거운 해변에 서 있는, 구별할 수 없이 똑같은 두 소년들 같아 보였지. 나는 생각했어. 어느 순간에, 개미굴에 빠지는 위기가 닥쳐오거나 모래폭풍을 만나게 되면 하마는 이들을 지휘할 것이다. 의심할 바 없이 두 사촌은 그때 하마를 쳐다보면서 무슨 명령인가 내려주기를 바랄 것이다. 나는 그 사진이 마음에 들었어. 그래서 오래도록 들여다보았어. 그들은 처음에는 셋이 함께 만나다가 이제는 하마가 번갈아가면서 그 둘을 한 명씩 만난다고 했어. 그 사진은 그들이 알게 된 지 얼마 안 돼서, 셋이 함께 만날 때 떠난 여행에서 찍은 것이라고 했어.

"그들은 지금 대학생과 견습사원이야. 그리고 모두 가난해. 언젠가는 가난뱅이 신세를 면하고 형편이 좋아지겠지만, 그것이 언제가 될지는 아무도 모르고 있어."

하마는 그런 말을 하면서 아주 조금 지겨운 표정을 했어. 나는 그 두 명의 사촌이 그렇게 비슷한, 사실은 거의 똑같다고 해도 괜찮을, 그런 인상을 하고 있는데, 왜 굳이 그 둘을 모두 만나야 하는지, 그중의 아무나 한 명이라 해도 상관없지 않은가 그런 것이 궁금해서 하마에게 물어보았지만 하마는 그런 선택 따위를 왜 해야 하냐는 듯이 어깨를 으쓱해 보이기만 했어. 둘이면 어떻고 하나면 어때? 혹은 하나면 어떻고 둘이면 또 어때? 도무지 개의치 않아도 될 문제에 왜 신경을 쓰냐는 태도였어.

"사진이 마음에 들어?"

하마는 물었어.

"매우."

내가 대답하자 하마는 대수롭지 않다는 투로 말했어.

"그럼 가져도 좋아."

"정말 그래도 될까?"

나는 얼른 사진을 가졌어. 하마가 마음이 변했다고 다시 돌려달라고 할 것이 두려웠거든.

"그럼. 나는 그 사진이 반드시 필요하지는 않으니까."

그렇게 말하고 하마는 유아차를 밀며 역시 성큼성큼 걸어가 버렸어. 쌍둥이 유아차를 밀고 다니는 것은 간단하지 않았어. 엘리베이터가 없는 지하철 에스컬레이터에서 그것을 잡고 있기란, 상당한 요령이 없으면 거의 불가능한 일이지. 그리고 사람들로 가득한 동물원 역에서 그런 유아차를 밀고 다니는 것 또한 결코 쉽지 않아. 그러나 하마는 개의치 않았어. 그래, 하마에 관한 모든 것을 한마디로 압축해서 표현한다면, 그것은 '개의치 않는다'라는 단어야. 다른 단어는 모두 불필요하다는 생각이 들어. 하마는 긴 팔을 이용해 R1을 피우면서 한 손으로 유아차를 밀며 부다페스트 거리의 동물원 입구 방향으로 걸어가. 그러다가 어느새 내 눈앞에서 보이지 않게 돼. 하마가 보이지 않게 된 다음에도 나는 계속 그 자리에 앉아 있어.

다음 월요일에, 나는 혼자 하마 수족관 앞에 앉아 있었어. 여전히 날씨가 좋지 않은 날들이 계속되었기 때문에 하마 수족관 앞에는 관광객인 듯한 남녀 한 쌍이 하마를 사진 찍기 위해 서 있을 뿐이었어. 나는 벤치에 두 발을 올리고 몸을 웅크리고 앉았어. 하마 수족관의 물은 너무 오래 끓인 브로콜리수프처럼 탁한 초록빛이야. 동물원에서 하마를 마지막으로 만난 지 두 달이 지났어. 그후로 하마는 더이상 동물원에 오지 않았어. 그후의 월요일과 화요일과 목요일도 마찬가지야. 나는 하마가 어디에 사는지 몰라. 일하지 않는 시간에 하마가 어디서 시간을 보내는지 몰라. 내가 물어보지 않았으니 하마는 말하지 않았겠지. 하마는 내가 자신을 부르는 방식을 싫어하지 않았어. 그래서 나는 그녀의 이름을 몰라.

보도의 상점

　보도의 상점, 이라고 사람들은 쉽게 말하지만 그 상점의 주인은 보도가 아냐. 보도는 단지 아르바이트 점원일 뿐인걸. 그러나 그곳에 점원이라고는 보도 한 명뿐이고 그리고 보도는 하루 종일 거의 혼자서 일해. 보도의 상점에는 길거리에 내다 놓은, 서서 먹는 테이블이 하나 있을 뿐이야. 보도의 상점에는 길거리로 향한 카운터가 있어. 사람들은 그곳에서 보도에게 먹을 것을 주문하곤 하지. 보도의 상점에선 핫도그와 커피를 팔아. 그리고 그곳은 내가 사는 셋집에서 걸어서 오 분 거리에 있어. 그곳의 커피는 맛이 나쁘지 않은데다가 내가 알고 있는 한 가장 값이 싼 곳이야. 그러니 내가 매일 보도의 상점으로 커피를 사러 가는 건 당연해. 사람들이 많은 아침이면, 나는 보도에게 간단한 인사만 하고 집으로 돌아와. 그러나 오후가 되어 한

동물원 킨트

가한 시간이면 나는 지나가는 길에 보도에게 들러 이런저런 이야기를 하지. 가끔은 치즈가 듬뿍 들어간 핫도그를 사 먹기도 해. 그것 역시 아주 싸거든. 나는 지금의 셋집으로 이사오면서 보도를 알게 되었어. 내가 안녕, 하고 인사하니 보도도 안녕, 하고 대답했어. 몇 달 동안 우리는 서로 안녕, 이라는 말 한마디만 매일 나누었을 뿐이야. 나도 그렇지만 그도 몹시 수줍음을 타는 편이었거든. 그런 사람들은 흔히 냉정을 가장하게 되지. 하지만 보도는 그렇지 않았어. 누구나 보도를 한 번이라도 만나게 되면 그는 단지 수줍어하고 있을 뿐, 냉정함이나 과묵함을 가장하려는 것이 아님을 알게 돼. 그리고 그는 한 마리 원숭이를 연상시켜. 검고, 자그마하고, 구부러진 팔다리에, 나이도 들지 않았는데 주름진 얼굴이나 오븐에서 치즈빵을 꺼내고 핫도그에 칠리를 뿌리고 커피를 따르고 잔돈을 받고 하는 일들을 동시에 아주 능숙하게 해치우는 날랜 솜씨 등이 그래. 그러면서도 그는 자신이 지금 여러 가지 일을 동시에 하고 있다는 것을 스스로 조금도 인정하지 않는 듯한 표정을 지으면서 나에게 안녕, 하고 인사하거든. 자세히 들여다보면 그의 까맣고 주름진 피부 사이에서 어울리지 않게 빛나는 푸르고 투명한 눈동자가 보여. 그의 눈동자는 푸른 돌 위에 떨어진 한 방울의 물과도 같아. 그러나 그것이 못생긴 원숭이 같은 그의 전체적인 인상을 바꾸어주지는 못해. 보도는 이 구역에서 오랫동안 살았다고 했어. 그런데도 그는 이 도시의 동물원에 한 번도 가보지 못했다고 했어. 그는 동물원이라는 장소에 그다지 흥미를 못 느끼는 것이 분명해. 그런데 생각해보면 그는 무엇엔가 텔레비전을 보는 것 이상으로 집중한다든지 흥미를 느끼는 것 자체를 낯설어하는 그런 종류의 사람 같아. 드물게 자신에 대해 이야기할 때 보도는 종종 수줍음으로 얼굴이 핑크빛이 되곤 해. 그러고는 약간 더듬거리며 말하는 거야.

"나, 나는 말이지, 잘 표현하지 못하겠어. 내가 나를 어떻게 말해야 할지. 나는 그냥 평범한 사람일 뿐인데 말이야. 그거면 충분하지 않아? 그런데 왜들 다른 말로 같은 것을 표현하는지 잘 모르겠어."

보도의 상점은 여섯시가 되어야 문을 닫지만 보도는 다섯시까지만 일해. 일이 끝나면 보도는 근처에 있는 식당으로 가서 카레와 구운 감자와 달걀프라이로 이루어진 요리를 주문해서 저녁을 먹어. 그는 작고 왜소하지만 놀랄 만큼 많이 먹어. 아마 고기를 먹지 않기 때문인가봐. 그는 술도 맥주에 스프라이트를 섞은 것 두 잔 정도밖에 마시지 않고 담배도 피우지 않아. 그는 또래의 노동자들이 보는 음란한 잡지도 읽지 않고 월급을 받는 날 도박을 하지도 않아. 그는 과연 무엇으로 즐기는 것일까? 저녁을 먹은 후 보통 보도가 어디에서 시간을 보내는지, 그것은 아마 아무도 모를 거야. 그는 여자친구도 없고 방 하나짜리 셋집에서 아버지와 함께 살고 있기 때문에 자정 전에는 집으로 들어가려 하지 않아. 저녁 내내 텔레비전 축구 중계를 보며 맥주를 잔뜩 마신 그의 아버지가 쓰러져 잠들기를 기다리는 거지. 그는 저녁을 먹은 후 아주 천천히 커피를 마셔. 일하는 중에 이미 몇 잔이나 충분히 마셨을 커피를. 그와 같이 저녁을 먹은 일이 종종 있었어. 내가 맥주를 마시는 동안 그는 커피를 마시고 내가 자리에서 일어나자 따라 일어섰어. 이제 어디로 갈 거야, 보도? 하고 내가 묻자 보도는 식사 값을 치르고 남은 동전을 하나하나 꼼꼼히 세어 주머니에 넣으면서 웃는 것도 아니고 찡그리는 것도 아닌 이상한 표정을 지어 보였어. 보도는 그러면서 손바닥을 아주 조금 들어 보이며 나에게 인사를 하더니 가로등 불빛이 막 켜지기 시작한 거리로 사라졌어. 마치 내가 자신을 잡기라도 할까 두려워하는 것처럼 뒷모습만 보이면서 말이야. 그는 바지 뒷주머니에 매다는 양철 장난감 같아. 손바닥 모양을 하고 있는 것 말이야. 걸음을 옮길 때마다 양철 손바닥이 흔들리면서 안녕 안녕 안녕, 하고 작별 인사를 하지. 정작 자신은 뒤돌아볼 필요가 없어. 그편이 더 좋아. 너무나 수줍으니 말이야.

보도는 어쩌면 에로틱 뮤지움에서 남은 시간을 보낼지도 모른다고, 아마 그것이 확실할 거라고 보도의 상점에 오는 단골 고객들이 이야기하는 것을 들은 적이 있어. 그들이 말하는 에로틱 뮤지움이란, 시내의 유명한 에로틱 뮤지움을 모방한 작은 극장인데, 사실은 뮤지움이라기보다는 비디오 상점에 더 가까운 곳이지. 그곳에서는 밤새도록 영화를 틀어주니 말이야. 뭐, 한두 번쯤은 보도가 그곳에서 시간을 보냈을 수도 있어. 야간 주점이나 영화관에서 매일같이 시간을 보낼 수는 없을 테니 말이야. 그런데 그중에는 아주 고집스러운 손님이 하나 있어서, 보도가 매일 그곳에 가는 것이 분명하다고 우기는 거야. 그는 에로틱 뮤지움 근처의 이탈리아 식당에서 일하는 점원인데, 밤 열시 십오분에 언제나 그 앞을 지나가는 보도를 본다고 했어. 그 이탈리아 식당을 지나서 갈 수 있는 곳이란 막다른 담벼락과 주차장과 그리고 에로틱 뮤지움뿐이야. 보도는 차를 가지고 있지 않고 그리고 담벼락은 보도같이 조그만 사람이 넘을 수 있을 정도로 낮지 않아. 그리고 이탈리아 식당이 문을 닫는 새벽 한시까지 보도가 돌아가는 모습을 보지 못했다고 했어. 그러므로 그 이탈리아 식당 점원의 말은 매우 그럴듯하게 들렸어. 그런 에로틱 뮤지움에 가서 영화를 보는 사람들이란, 다 늙어서 도저히 어쩌지도 못하는 노인들과 호기심에 가득

동물원 킨트

찬 관광객이나 욕구불만의 외로운 외국인들, 그리고 도대체 아무도 상대해주지 않는 그런 남자들뿐이라는 거지. 그 자리에 있던 사람들은 모두 보도를 그중 마지막 부류에 포함시키고 싶어하는 것 같았어. 그런데 내 생각은 조금 달라. 언젠가 내가 저녁을 먹은 후, 우리 집으로 가자 보도, 하고 말하니 그는 어쩔 줄 모르는 얼굴을 했어. 그리고 입속으로 뭐라고 중얼거렸는데 너에겐 텔레비전이 없잖아, 하고 말하는 것 같았어. 사실 그는 텔레비전을 정말 좋아해. 그가 극장이든 에로틱 뮤지움이든 어디든 간다고 하면 그것은 거기 영상이 있기 때문이야. 나는 그것을 잘 알아. 그는 아주 지독한 섹스쇼나 헨델의 음악이 깔리는 리바이스 청바지 광고나, 사실 그건 정말 내가 생각해도 최고야, 마를렌느 디트리히가 나오는, 지금은 도통 이해할 수 없는 코드로 가득한 옛날 영화나 모두 똑같은 표정을 하고 들여다보거든. 가끔은 키득거리며 웃기도 해. 단지 조그맣게 키득거릴 뿐이야. 결코 격렬하게 웃지는 않아. 그가 가장 좋아하는 것은 우스꽝스러운 출연자들이 등장해서 바보 같은 행동을 보여주는 프로그램이야. 그는 그것을 즐겨. 그럴 때 그는 유일하게 행복한 미소를 짓지. 그는 자신이 그런 프로그램이 금지된 회교 국가에서 태어나지 않은 것을 신에게 진심으로 감사해. 난 그가 가장 사랑하는 여자애도 알아. 물론 그녀는 텔레비전에 나오는 여자애이고, 그리고 그는 그녀를 단지 텔레비전을 통해서만 볼 수 있을 뿐이야. 그 여자애는 이미 열세 살 때 모든 남자들이 자기와 함께 자고 싶어한다는 것을 눈치챘다고 하더군. 실제로 토크쇼에 나와서 그렇게 얘기했다는 거야. 사실 그애는 무지막지하게 강렬한 성적 매력을 타고났고 또 그걸 적절하게 연출할 줄도 알아. 보도는 그애가 진행하는 쇼를 한번 보자마자 단박에 그애에게 빠져버렸어. 사실 그애가 슬쩍 자신을 보여주기만 해도 엄청나게 자극적이라는 것이 보도의 상점에 모이는 대부분의 남자들의 의견이야. 보도는 그애가 나오는 프로그램은 놓치지 않고 반드시 봐. 그 프로그램을 보는 남자들 중에 그애와 같이 자보고 싶지 않아할 남자가 어디 있겠어? 그래서 그애는 언제나 상당히 바쁠 거야. 내 말은, 그러니까, 그애가 촬영 스케줄이 없는 한가한 시간에 엉덩이가 거의 반쯤이나 드러날 정도로 짧은 원피스를 입고 핸드백을 들고 짙게 화장한 얼굴로 일본원숭이처럼 까맣고 주름진데다 키도 자기보다 이십 센티미터나 작은 보도에게 달려와, 같이 커피를 마시고 데이트를 하고 상점에서 같이 텔레비전을 보면서 노닥거린 후 보도의 집으로 가서 보도의 아버지에게 제발 오늘 저녁은 극장에 가서 영화를 보라고 돈을 준 다음 보도의 침대로 기어들어가는, 그런 일은 죽어도 없을 거라는 거지. 뭐 이런 식으로 구구절절 설명하지 않아도 당연한 일이지만 말이야. 그 여자애의 이름은 미겔이야. 아마 가명일 거야. 요즘은 누구나 그렇게 하니까. 그런데 문제는 보도는 텔레비전에 나오지 않는 여자는 사랑하지 않는다는 거야. 그가 직접 말한 적은 없지만 아마 분명히 그럴 거야. 상점에서 일할 때도 보도는 언제나 텔레비전을 틀어놓지. 그의 부모가 헤어졌을 때, 보도는 아직 어린아이였는데 판사가 그에게 물었대. 보도, 넌 아버지를 따라갈 테냐 아니면 어머니를 따라갈 테냐, 하고. 그때 보도는 주저없이 아버지라고 대답했는데 그것은 순전히 그의 아버지가 텔레비전을 가지고 있기 때문이었어. 지금 그의 아버지는 실업자야. 그것 때문에 보도는 아버지와 같이 살아야 해. 그러지 않으면 그의 아버지는 실업수당만으로 살아야 하는데 그것은 그다지 충분하지 않거든. 난 이런 것들을 보도에게서 들었어. 그래서 난 언제든지 보도, 그를 이해해.

보도는 비가 오나 눈이 오나 쉬지 않고 일해. 물론 비나 눈이 오더라도 그가 그것을 맞을 일은 없지만 말이야. 그것은, 그러니까 누구든지 보도를 만나기를 원하는 사람은 그의 상점으로 가기만 하면 된다는 뜻이야. 그리고 줄을 서서 커피를 한잔 받은 다음 보도, 안녕? 하고 인사를 하기만 하면 되는 거야. 그런 식으로 보도는 이 상점에서 칠 년이나 일했어. 그는 이 거리를 지나다니는 사람들의 얼굴을 기억해. 그는 이 도시, 보도의 상점이 있는 그 블록에서 태어나고 자랐어. 의무교육을 마친 곳도 이곳이야. 그가 아는 거의 모든 사람들이 이 도시에서 태어나고 자랐어. 그러나 또한 그의 상점에는 수많은 외국인들과 관광객들과 담배를 구걸하는 사람들과 떠돌이들이 방문해. 그들은 보도에게 동물원으로 가는 길을 물어. 보도는 대답을 하면서 그들의 얼굴을 봐. 동물원은, 지하철 2호선을 타고 두번째 정류장에서 내리면 됩니다. 반대방향으로 가는 열차를 타지 않도록 주의하세요. 반대방향으로 가면, 쓰레기산에 도착해버리니 말이죠. 거기에는 동물이라고는 지네와 바퀴벌레밖에 없답니다.

그래서 나는 어느 날, 보도에게 하마의 사진을 내밀었던 거야.

"보도, 혹시 뭐 생각나는 것 없어?"

우리는 보통의 저녁과 비슷하게 카레와 구운 감자, 파프리카 그리고 달걀프라이로 이루어진 밥을 먹고 있었어. 보도는 하마의 사진을 받아들고 물끄러미 들여다보았어. 그에게 별다른 감흥이나 기억을 불러일으키는 사진은 분명 아니었나봐. 그러나 그는 최대한 예의 바르게 그것을 오랫동안 들여다보았어.

"이 재킷은 남성용 리바이스야. 아마 천구백팔십구년인가에 나왔던 모델일 거야. 그다지 인기를 끌지는 못했어. 주머니의 모양과 소매 디자인이 다른 것들과 좀 달라서 기억해. 여자애들이 멋으로 일부러 사서 입는, 그런 남성용이 아니야. 그리고 배경에 보이는 이것은 분수가 아니라 나침반이야. 이런 나침반이 설치되어 있는 역은 내가 알고 있는 한 한 군데밖에 없어. 북쪽이야. 아주 북쪽. 그다지 크지 않은 곳이야. 여행자들에게 유명한 곳도 아니야. 그리고 일 년의 반은 온종일 밤처럼 침침하고 어두운 곳이야. 이들이 일부러 그런 곳으로 갔다니 좀 신기하다는 생각이 드는걸. 그리고 이 여자애는, 외국인이야. 남자애들은 아직 군 복무를 마치기도 전인걸. 무척 어린 애들이야. 이들은 마치 쌍둥이 형제처럼 보이는걸."

"그들은 쌍둥이 형제가 아니고 그냥 사촌일 뿐이야."

내가 정정했어. 보도는 다시 고개를 숙이고 사진을 들여다보았어. 그러나 더이상 아무 말도 하지 않았어.

"그것이 전부야, 보도?"

"그래, 지금은."

보도가 미안한 표정을 지었어.

"이들은 내가 아직 한 번도 만나본 적 없는 사람들인지도 몰라. 그러나 시간이 지나면 기억이 날 수도 있어. 나는 말이야, 지나치게 많은 얼굴들을 알고 있기 때문에 기억이 분명해지려면 시간이 걸리거든. 그런데 네가 알고 싶은 이 여자애의 이름은 뭐야?"

"그애의 이름은 나도 몰라. 난 그냥 그애를 하마라고 불렀어. 그것뿐이야. 그애도 그다지 싫어하지 않았거든."

"그래, 하마. 이 여자애는 어디에 살지?"

"그것도 잘 몰라. 하지만 언제나 시내전차를 타고 이곳까지 와서 이 역에서 동물원으로 가는 지하철로 갈아탄다는 말을 들었어."

"그것만으로는 부족해. 전차 정류장은 이곳에서 좀 떨어져 있잖아. 그리고 그런 유아차를 끌고 다니는 여자애들은 이 도시에 너무 많아. 베이비시터 말고는 일자리 구하기가 너무 힘드니 말이지."

"그냥 유아차가 아냐. 쌍둥이 유아차라구. 네가 한 번 정도는 반드시 봤을 거야. 하마는 담배를 사기 위해 여기저기 어정거리기도 했을 테니 말이지."

"글쎄, 그럴지도 몰라." 보도는 다시 사진을 들여다보았어. 그러고는 좁은 이마에 주름을 만들었어. "하지만 말이야, 지금 당장은 아무것도 생각나지 않아. 적어도 이 여자애에 관한 것은 말이지."

"그렇다면 보도, 지금 생각나는 것은 뭐지? 지금 생각나는 것을 말해줘."

"그냥, 별것 아닌 것들이야." 보도는 수줍어하면서 얼굴을 붉혔어. "재단사로 일하는 R부인에게서 한동안 일을 배우던 직업 훈련생 중에 언제나 아침이면 이곳을 거쳐서 R부인의 상점으로 출근하곤 하던 사람이 있었는데 어느 날 갑자기 장갑을 끼고 다니기 시작했어. 크고 두툼한 장갑이야. 물론 겨울이기는 했지만 그런 장갑을 낄 정도로 추운 날은 아니었던 것으로 기억해. 나는 그가 무엇인가를 감추기 위해 장갑을 낀 거라는 생각이 들었어. 그는 한 번도 커피를 사러 들른 적은 없지만 언제나 규칙적으로 이곳을 지나다녔기 때문에 잘 기억하고 있어. 정확하지는 않지만 아마도 이 년이나 삼 년쯤 전의 일이야. 그는 나이가 어렸고 군 복무를 마치기 전에 남는 시간을 활용하는 것처럼 보였어. 대학에 진학해야 할지 어떨지 아직 결정하지 못한 상태였고."

나는 보도가 말을 계속할 수 있도록, 중간에 말을 자르고 질문하는 바보 같은 짓은 하지 않았어.

"그런데 말이야."

보도는 자신 없는 어조로 망설이다가 계속 말을 이었어.

"그는 한 달 정도 여행을 다녀온 뒤부터 장갑을 끼고 다니기 시작했거든. 몹시 마르고 가냘픈 청년이었어. 얼굴이 희고 입술이 옅고 붉었어. 언뜻 보면 키가 큰 사춘기 소녀를 연상시키는 그런 청년이었어."

"그러니까, 이 남자애들 중의 한 명을 네가 알고 있는지도 모른다는 그런 뜻이야?"

"아니, 반드시 그런 것은 아냐."

보도는 고개를 저었어.

"나는 그 청년을 가까이에서 본 적은 없어. 언제나 거리 저편으로 지나가는 모습을 보았을 뿐이야. 그는 한 번도 커피를 사러 들르지 않았어. 무슨 종교적인 신념 때문에 커피를 마시지 않는다고 들은 것 같아. 그때 R부인의 상점에서 일하던 사람들 몇몇이 이곳에 커피를 마시러 들르곤 했거든. 하지만 아무것도 정확한 것은 없어. 내일이나 아니면 며칠 시간이 더 지나면 다른 것들이 생각날지도 몰라."

"R부인은 그에 대한 것을 기억하고 있을까?"

"그녀가 뭔가를 기억하고 있을 것 같지는 않아. 하지만 한마디 정도 물어볼 수는 있겠지. 그녀에게 일을 배우러 오는 학생들은 많아. 그리고 언제나 한두 달 정도밖에 머물지 않아. 그리고 우리는 그의 이름도 모르잖아. 도대체 뭐라고 그에 대해 설명하면서 물어야 하지? 그다지 좋은 생각이 아닌 것 같은데."

"그렇군. 하여간 고마워."

"그리고 다른 것들도 생각이 나는데."

"어떤 것?"

"예를 들자면, 저녁 식탁에 둘러앉은 사람들의 모습. 불을 켜지 않은 식당과 연결된 어두운 거실에서는 텔레비전의 희미한 빛만이 비치고 있어. 죽을 정도로 배가 고프지만 상당히 무감각한 표정을 지으며 음식이 나오기를 기다리는 거야. 튀김솥에서는 냉동감자튀김이 한가득 끓고 있지. 먹을 것이라고는 콜라와 냉동감자튀김뿐이야. 그것이 싸기도 하지만 빨리 먹을 수 있으니 말이야. 집 안에는 기차 시간표 말고는 단 한 권의 책도 없고 사진이나 그림도 없어. 마치 눈먼 아프리카 사람의 집처럼. 사람들은 한 병의 검은 콜라를 서로 나누어 마시고 있어. 그들은 가족일까, 아닐까?"

"가족이라고 할 수는 없을 거야. 그중의 둘은 분명히 사촌간이겠지만. 그리고 여자애는 분명히 외국인이고."

"미안해. 더이상은 아무것도 생각나지 않아."

"보도, 이제 어디로 갈 거야?"

"내일이나 다른 날 뭔가 생각나면 너에게 말해주겠어. 반드시."

하마를 찾아야 한다는, 반드시 그래야 한다는 생각이 나에게 있는 것은 결코 아냐. 이곳은 엄청난 대도시이고, 그런 곳에서 아무런 정보도 없이 사람을 찾는다는 것은 우연이 아니면 절대로 가능하지 않을 바보 같은 짓이라는 것이 내 생각이야. 당연하잖아. 하마를 동물원에서 만나지 않았더라면, 나는 하마에 대해 보도에게 묻지도 않았을 거야. 동물원은 그런 곳이니까.

두스만

 길을 걷다가, 자전거를 타고 지나가는 사람에게 두스만이 어디죠? 하고 물었어. 신호등 앞이야. 그래서 사람들이 모두 멈춰 서 있었거든. 두스만이라고? 그 사람은 잠시 고개를 갸웃거리면서 내 말을 금방 알아듣지 못하더니, 아아 두스만을 말하는군요, 하고 대답했어. 나는 첫 음절을 아주 짧게 발음해야 하는 것을 잊었던 거야. (언제나 그런 식이지.) 저기 길 건너편에 이층 건물이 보이죠? 두스만은 바로 저곳입니다. 그 사람은 친절하게 설명하고 녹색 신호등에 횡단보도를 건넜어. 여러 번 와보았지만 나는 이 사거리가 언제나 낯설어서 반대방향으로 가버리곤 하지. 가끔 나는 두스만에 가서 저녁 내내 선 채로 음악을 들어. 이곳에서는 다른 상점들이 모두 문을 닫아버린 밤 열시까지 음악을 들을 수 있어. 몇 시간이고 마음껏 음악을 들어도 아무도 무엇을 살 거냐고 묻는 사람이 없어. 나는 친절보다 무관심이 좋아. 사람들이 많아. 사람들로 가득한 거리를 걷고 있으면 마치 내가 행진하고 있다는 생각이 들어. 나뿐만 아니라 다른 모든 사람들이 음악에 맞추어서 말이야. 두스만에서 나는 책을 읽을 수도 있어. 동물들이 나오는 화려하고 두툼한 두께의 값비싼 커다란 책들을. 박쥐와 파충류에 관한 연구서들을. 아프리카의 나비에 대한 책들을. 아메리카 대륙의 바퀴벌레 종류에 관한 책들도 있어. 나는 이곳에서 내가 좀 더 빨리 읽지 못하는 것이 안타까워. 책은 너무나 두툼하고 글자는 많은데 나는 읽는 데 시간이 너무 많이 걸리니 말이지. 그리고 언제나 낯선 단어들에 부딪혀. 그러면 나는 다시 사전 코너로 가서 천천히 그 단어를 찾아볼 수가 있어. 거의 모든 언어로 된 사전이 즐비하니 말이야. 그러나 그사이 통로는 다시 사람들로 막혀버리고 내가 원하는 책이 꽂힌 서가에 다른 사람이 들어서서 아프리카의 나비에 관한 책을 뒤적이고 있지. (그건 정말 바보 같은 책이야. 아무런 흥밋거리가 되지 않는다구!) 그러면 나는 땀을 흘리면서 더운 바람이 나오는 환기통 앞에서 기다려야 해. 이런 상황이 벌어지지 않게 나는 아예 사전을 한 권 뽑아들고 동물학 책을 가지고 고객용 의자에 가서 앉아. 음악을 듣거나 책을 읽거나 혹은 원한다면 비디오 필름을 볼 수도 있어. 문제는 배가 고프기 때문에 도저히 참지 못하고 한 번은 밖으로 나와야 한다는 거야. 노점에서 기다란 소시지를 끼워넣은 빵을 사서 겨자를 듬뿍 뿌려 먹고 그리고 잠시 동안 거리에서 나는 서성대. 나팔 소리에 맞추어서 나는 행진해. 낡아서 가죽이 여러 군데 터진 구두를 신고 너무 많이 세탁해 허벅지 부분이 찢어진 청바지를 입은 채, (일부러 그런 것은 절대로 아냐,) 나는 한 마리 축축한 하마가 되어 거리에서 살아. 그런 식으로만 살아 있다는 것이 무엇인지, 그것을 나는 알아. 나는 또 한 마리의 다른 하마를 다시 만나게 되기를 바라. 그런데 그녀는 두스만으로 오지 않아. 그녀는 동물원으로도 오지 않아. 내가 이런 식으로 행진하고 있으면 그녀를 만나게 될지도 몰라. 커다란 쌍둥이 유아차를 끌며 행진해오는 그녀를. 내가 두려워하는 것은 그녀가 고향으로 돌아가버렸을지도 모른다는 생각이야. 이곳에서 고향은 두려움의 대상이지. 어느 날 갑자기 그가 사라져버린다, 그런 식의 문장으로 표현되는 것이 바로 고향이야. 물론 절대로 그럴 것 같지는 않지만 언제나 상상을 뛰어넘는 것이 현실이니 말이지.

   두스만의 비디오 필름실에서 만난 한 대학생이 나에게 벙커에 데려다주겠다고 했어. 1945년 봄까지 마지막 전투를 치러낸, 지금은 공개되지 않는 벙커라고 하더군. 히틀러의 벙커라면, 나는 이미 그것이 파괴되어 산산이 부서져 사라진 것을 잘 알고 있어. 그러므로 그가 말하는 벙커란, 그냥 일반적으로 여기저기 방치되어 있는 전쟁 부산물 중의 하나일 것으로 생각돼. 그는 거짓말을 하고 있거나 아니면 뭘 모르고 있는 거야. 비디오 필름실에는 그와 나 둘밖에 없었어. 우리는 전쟁 다큐멘터리를 보고 있었거든. 전쟁의 역사에 미친 사람들이 의외로 많아. 특히 요즘처럼 실업률이 높고 연금제도가 위태로울 정도로 재정문제가 총체적으로 심각할 때면 더욱 그래. 하여튼, 그 대학생은 키가 크고 비쩍 마른데다가 나보다 더 구질구질해 보였는데, 삼십 마르크만 주면 자신이 근사한 벙커를 구경시켜주겠다는 거야.

"뜨내기 관광객들 따위는 절대로 모를 그런 벙커야. 이 도시에 이제 몇 개 남지 않은 비공개 벙커라구. 1945년 초봄까지 병사들이 머물렀던 흔적을 볼 수 있어. 어때? 삼십 마르크에 남들이 보지 못하는 것을 보는 거야. 근사하지 않아?"

그가 시커멓게 멍든 잇몸을 드러내 보이며 웃었어. 그는 안경을 쓰고 있었는데, 부러진 안경다리를 접착테이프로 고정시켜놓은 것이 보였어. 전쟁을 치른 벙커라면, 굳이 안내자 없이도 찾아갈 수 있어. 그러나 내가 가장 보고 싶은 벙커는 지금 존재하지 않아. 그것은 히틀러의 자살 후 폭파되어버렸어. 사람들은 심지어 히틀러의 시체도 단지 그의 치아 조각을 검사하는 것으로 확인했다고 하니까. 그의 마지막 벙커 위에, 지금은 사람들이 아파트먼트와 건물을 지었어. 그곳은 가장 큰 광장 중의 하나가 되었어. 그러므로 나는 단지 그 위를 걸을 수 있을 뿐이야. 나는 흥미가 없다고 했어. 사실은 그가 도대체 어떤 벙커를 말하는 것인지 궁금하기도 했지만 삼십 마르크면 나에게 큰 돈이야. 나는 결코 관광객으로 보이지 않을 텐데, 왜 그가 그런 제의를 했는지 궁금했어.

"네가 고향으로 돌아가게 되면 반드시 후회할 텐데. 가이드북만 들여다보고 돌아다닐 생각이라면 너는 여기 장기 체류할 이유가 없어. 단지 이틀이면 모든 코스를 다 마스터할 수 있잖아."

그는 돈을 벌 수 있다는 희망이 사라져서 그런지 몹시 기분이 나빠 보였어. 그러더니 다시 희망을 가지고 나에게 접근했어.

"그렇다면 4월 20일 비밀 지하실에서 열리는 나치 파티를 구경시켜줄 수 있어. 히틀러의 생일 파티야. 너에게는 아주 흥미로울 거야. 장담할 수 있어. 물론 아무나 볼 수 있는 것은 아니지. 철저하게 금지되어 있으니까. 하지만 백이십 마르크만 낸다면, 그만한 구경거리에 비하면 아주 약소한 금액이지, 너는 그것을 볼 수 있어. 물론 너도 회원인 것처럼 가장하고 들어가는 거야. 어때, 생각 있어?"

내가 그를, 지금은 그만두었지만, 대학의 강의실에서 몇 번 마주친 일이 없었다면 대학생이라는 그의 말이 거짓이라고 생각했을 거야. 그는 싸구려 브로커처럼 행동했으니까. 또 정말로 그렇게 보이기도 했어.

"미안한데, 난 관광객이 아니야. 그리고 그런 큰 돈은 낼 수 없어."

나는 마침내 아쉽지만 거절할 수밖에 없었어.

"관광객이 아니라면 뭐 하러 이런 데 앉아 있는 거지? 그리고 결국은 모든 외국인은 다 관광객일 뿐이잖아. 사실은 너도 전쟁 필름에 관심이 많고. 안 그래?"

그는 맥이 빠지는 표정으로 투덜댔어.

"관심이 많은 것은 사실이지만, 그런 돈을 낼 수는 없어. 좀 더 값이 싸다면 모르겠지만."

"다른 것도 최소한 그 정도는 지불해야 해."

그러면서 그는 주머니에서 수첩처럼 보이는 것을 꺼냈어. 그러고는 한 장 한 장 넘기면서 설명했어.

"그루프티 파티나 코뮤니스트 강연회도 입장료를 내야 해. 게이 사우나도 마찬가지고. 한 푼도 내지 않고 뭔가를 즐기려고 하는 생각은 훔치는 것보다 더 나빠. 안 그래? 그래, 나도 물론 프롤레타리아 출신이지만 알맹이도 없는 앵무새 연설을 하는 코뮤니스트 강연회에 사십 마르크씩 받는 것은 지독하다고 생각하고 있지. 돈을 벌려고 하는 거야, 나쁜 놈들이. 그리고 싱글 파티 같은 것은 입장료가 없지만 대신 거기서는 맥주를 사 마셔야 하니 마찬가지야. 어때? 너는 혹시 남자나 여자 파트너를 구하고 있나?"

"정말 옛날부터 궁금했는데 말야, 너는 뭐 하러 그런 쓰레기 같은 팸플릿 정보를 모아가지고 다니는 거야?"

"이런 것을 통해서 돈을 벌 수 있기도 하니까 그렇지. 관광객들에게 파는 거야. 이런 정보는 그럴듯한 극장이나 필하모니에서 공연되는 것과는 다르잖아. 그리고 잠시 머무는 관광객들이 혼자 접하기는 어려운 것들이고. 아무튼 네가 관심이 없다니 유감인데."

"그딴 걸 돈을 주고 구하는 사람들도 있단 말이지?"

"그럼. 나는 그냥 여기저기 서성대면서 말을 붙이기만 하면 돼."

"그러면 외국인들을 많이 만나게 되겠군."

"난 외국인들만 만나."

그러면서 그는 씩 웃었어. 그러자 다시 한번 영양 부실로 병든 그의 잇몸이 드러났어.

"외국인처럼 보이면 일단 말을 붙이지."

"그렇다면 뭐 하나 물어봐도 될까? 키가 크고 마른 여자앤데 말이지, 이 도시에 살아. 혹시 본 적 있어?"

나는 그에게 하마의 사진을 보여주었어. 그러나 그가 알 거라고는 생각하지 않았어.

"누구를 말하는 거야? 여자애라니."

"여기 남자애들 사이에 머리를 기울이고 있는 애."

"오, 곁에 있는 사내애들이 더 계집애 같아 보여."

"이렇게 생긴 애를 혹시 만난 일이 있어?"

"이애는 내가 아는 여자애를 닮았어."

그러면서 그는 사진을 들어 빛을 향하게 했어.

"아니, 닮은 것이 아니고 바로 그애의 사진처럼 보이는걸. 신기한데. 하지만 내가 아는 여자애는 외국인이었어."

"그래, 그녀는 외국인이야."

"게다가 말라깽이에다가 무릎은 종기가 난 것처럼 울퉁불퉁하지. 혹시 그녀가 무슨 담배를 피우는지 알고 있어?"

"R1."

"그렇다면 네가 찾는 이애는 내가 알고 있는 애가 분명해. 이 도시에 사는 외국인 여자애 중에 이렇게 닮은 애를 찾기도 힘들 테니 말이야. 그렇다면 정말 우연 치고는 신기한데. 하지만 먼저 네가 왜 이애를 찾는지 말해주어야 해."

"난, 그냥 친구야. 그녀를 동물원 산책길에서 만났어. 그런데 어느 날부턴가 그녀가 더이상 산책을 나오지 않아. 난 그냥 궁금할 뿐이야. 그게 전부야."

"동물원 산책이라고?"

그는 의심스러운 듯이 잠시 생각에 잠기며 나를 보았어. 나는 그가 거짓말을 하고 있다고 생각했어. 그는 싸구려 팸플릿 뚜쟁이야. 그런 그의 말을 어디서부터 믿어야 할지 모르겠어. 너무 쉽게 하마를 안다고 하는 것이, 연극을 하고 있다는 흔적이 역력했어. 그는 내게서 돈을 받아내고 싶은 마음에 그녀를 안다고 하는 것이 분명해.

"네가 그녀의 친구라면, 그녀의 이름을 말해봐."

그러면서 그는 신중하게 내 얼굴을 들여다보았어.

"미겔."

서서히 귀찮아진 나는 머릿속에 떠오른 아무 이름이나를 말해버렸어. 잠시 뒤 생각하니 미겔은 보도가 사랑하는 텔레비전 여자애의 이름이었어. 나는 그만 혼동해버린 거지. 그러면 뭐어때. 어차피 그는 하마를 몰라.

"그래, 맞아. 미겔."

그는 크게 고개를 끄덕였어.

"하지만 사실은 나도 지금은 그녀가 어디 있는지 몰라."

"그럴 줄 알았어."

나는 지나치게 냉소적으로 들리지 않게 대답했어.

"하지만 적어도 사 년쯤 전까지는, 나는 그녀가 어디 있는지 알고 있었어. 나는 그녀와 같이 살았으니까. 같이 산 기간은 삼 개월 정도? 그다지 길지 않았어. 그리고 나는 미겔이 그녀의 진짜 이름이라고 생각 안 했어. 어차피 다 가명을 쓸 테니까. 요즘은 흔히 그러잖아. 그리고 나는 그녀와 헤어진 다음에도 그녀를 찾는 어리석은 일 따위는 하지 않았어. 당시에 우리는 방을 혼자 독차지하고 쓰기에는 너무 가난했으니 말이야."

그러면서 그는 지나가는 투로 말했어.

"혹시 그녀를 만나게 되면 내 안부나 한마디 전해주면 좋겠군. 뭐 싫다고 해도 어쩔 수 없지만 말이야."

"그녀를 어디에서 만났어? 대학이나 카페?"

"대학도 카페도 아니야. 우리는 대학에 적을 두고는 있었지만 너무 가난해서 돈을 벌어야 했기 때문에 그때는 학교에 다닐 엄두를 내지 못했어."

"그러면 어디?"

"마틴 루터 신교회에서. 그때 난 그곳 성가대원이었어."

"그녀가 크리스천이야?"

"아마도. 어쩌면 아닐지도 몰라. 우리가 만난 이후로 그녀가 교회에 가는 것을 본 적은 없어. 하여튼 내가 아는 것은 많지 않아. 나는 심지어 그녀의 성도 몰라. 그래도 혹시 미켈을 만나거든, 그것이 그녀의 이름이라면 말이지, 안부를 전해줘."

"네 이름이 뭔지 나는 모르는걸."

"나는 두스만이라고 해."

그러면서 그는 일어섰어. 아직 전쟁 필름은 끝나지도 않았는데. 그는 휘청거리면서 걸어나갔어. 음반 코너를 서성이는 다른 관광객을 찾으러 가는 것처럼 보였어. 어쨌든, 나는 그를 쫓아버리는 데 성공한 거야. 하마는 미켈 같은 멍청한 이름을 가졌을 리는 절대로 없으니까. 그리고 두스만이라는 그의 이름도 우스꽝스러워. 두스만에서, 두스만이라고 말하다니 말이야. 그리고 나중에 생각이 났는데, 나는 그가 말하는 벙커에 아마도 이미 가본 적이 있었을 거야. 나는 이 도시에 있는 거의 모든 벙커를 돌아다녀보았으니까. 그러므로 그가 말하는 것이 사실이라 하더라도 나에게는 이미 새로울 것이 없는 거야. 이 도시 여기저기에 방치된 벙커의 한 방에 전쟁 당시에 입었던 옷과 의자를 적당히 배치하고, 불에 타버린 진흙투성이 철모와 군화와 숟가락 등을 유리상자에 담아 전시한 다음 옛날 잡지에서 오려낸 조잡한 사진을 액자에 넣어놓고, 그것이 벙커에서 발견된 것이라 우기면서 관광객들에게서 돈을 받아내려는 거야. 난 그걸 잘 알아. 그런 식의 관광 벙커를 본 적도 이미 있어. 그런데 말이야, 난 두스만을 따라갔어.

"언제 그걸 구경할 수 있지?"

뭘 말이야, 하는 표정으로 그는 나를 처다보았어. 그는 이미 음반 코너로 넘어가는 유리문을 밀고 있었으니까.

"네가 말하는 벙커, 그거 말이야."

"뭐야, 관심 없다고 하지 않았어?"

"사실은, 관심이 아주 없지는 않아."

그는 내 쪽으로 몸을 돌리고 친근하게 웃었어. 그러나 이번에는 잇몸을 보이지 않게 조심해서.

"언제 볼 수 있지?"

"오늘은 이미 어두워졌으니 곤란해. 그렇지?"

그는 속으로 뭔가 곰곰이 생각했어.

"이틀 뒤가 어떨까? 이곳에서 많이 멀지 않아. 지하철을 타면 한 시간도 걸리지 않는걸. 어때, 이틀 뒤 오전 열한시에 이곳에서 만나는 거야. 그때 데려다줄게. 하지만 돈을 잊으면 안 돼."

"알았어. 오케이."

동물원 킨트

눈이 완전히 보이지 않게 되기 전에, 조작된 벙커라도 구경하는 것이 좋지 않을까 하는 생각이었을 거야. 분명히.

카챠의 남자

"카챠는 내 여자야."
이렇게 말하는 사람들을 만났어.
이 말은 물론 결혼하고 싶다는, 그런 실리적이고 세속적인 의미는 아닐 거야. 그들은 카챠를 몹시 숭고하게 생각하고 있어. 그들이 궁극적으로 원하는 것은 카챠와의 소통이야. 그들은 카챠와 정서적으로 공감하기를 간절히 원해. 그래서 우선 그들은 카챠의 언어를 이해하려고 노력해. 그런 것을 사랑이라고 부르지? 나는 당신이 쓰는 언어를 이해하기를 원해. 그런 것 말야. 그들은 누구에게서도 카챠의 언어를 배운 일이 없어. 그들은 단지 긴 시간 동안 카챠를 관찰함으로써 그녀의 언어를 이해하는 데 접근한 거야. 그래서 카챠가 이빨을 드러내거나 겨드랑이에서 이를 잡거나 항문이 불거진 엉덩이를 번쩍 들어올리거나 하는 것을 이해하고, 자신도 귀를 긁거나 우우웅 하는 이상한 소리를 내거나 두 손을 귀 가까이 가져다대고 다리를 마구 굴러 보이며 그녀에게 의사를 전달하려고 하지. 사실 처음 그들의 대화를 보는 사람이 웃음을 참기란 좀 힘들어. 그러나 이제 나는 그렇지 않아. 비록 그들의 대화를 알아차리지는 못하지만 나는 그런 식의 사랑이라는 것을 이해할 수 있을 것 같아.

  오랑우탄을 비롯한 유인원과 동물의 우리는 동물원에서 가장 인기 있는 관람 구역이지만 나에게는 좀 지루한 곳이야. 왜냐하면 그곳은 보편적인 편견을 가진 사람들이 생각하는 동물원의 가장 전형적인 모습을 하고 있기 때문이야. 즉, 우리 안의 동물이 재롱을 피우고, 어린아이들을 중심으로 사람들이 그것을 보고 즐긴다, 는 식이지. 그러나 그 편견은 모조리 틀렸어. 오랑우탄은, 적어도 내가 사는 이 도시 동물원의 오랑우탄은 재롱을 피우지 않아. 그들은 바보가 아니거든. 그들은 자신이 갇혀 있다는 것을 알아. 그리고 자신이 알고 있다는 것을 사람들에게 숨기지 않아. 그들은 스트레스를 받고 서서히 죽어가고 있어. 그러나 그들을 구경하는 사람들 역시 서서히 죽어가고 있지. 이 세상의 모든 것이 그렇잖아. 그렇게 생각한다면, 서서히 죽어가고 있지 않은 것이 도대체 무엇일까? 동물원의 동물들은 서커스의 동물들처럼 재롱을 피우거나 재주를 보여주거나 하지 않아. 그건 정말 동물원답지 않은 일이니 말이야. 동물원에서 도대체 그들이 무슨 일을 할 수 있겠어? 그들은 정해진 공간을 가지고 있어. 그리고 사냥하거나 싸워야 할 필요가 없어. 그래서 그들은 아무것도 하지 않아. 아무것도 하지 않는다는 것, 그것이 바로 동물원에서 가장 잘 어울리는 일이 되는 거야. 동물들이 구경거리가 될 만한 행동을 하지 않는다고 화내는 사람이 있다면 그는 정말 바보임이 분명해. 그는 동물원이라는 장소를 이해하지 못하고 있는 거야. 그는 서커스에 가거나 아니면 그냥 텔레비전 앞에 앉아 있는 편이 훨씬 나아. 텔레비전에 나오는 동물 배우들은 멋진 구경거리를 보여주니 말이야. 하지만 동물원에서 사람들은 오랑우탄과 원숭이 종류의 동물들에게서만은 구경거리를 기대하곤 해. 그러지 않을 수 없나봐.

    그녀는, 카챠 말이야, 이 동물원에서 태어났어. 어떻게 알 수 있냐구? 그야 그녀의 출생에 관한 모든 기록이 우리 옆에 붙어 있으니 쉬운 일이지. 부모들은 보르네오 출신이야. 그녀는 체구가 작고 교활하게 재빠른 몸놀림을 갖고 있지. 그녀를 짝사랑하는 남자들이 자주 그녀를 찾지만 그녀는 프라이팬처럼 커다란 턱이나 비죽 내민 기다란 입술 등으로 그런 남자들을 비웃을 뿐이야.

"카챠는 내 여자야."

이렇게 말한 사람은 그녀와 몸짓을 통한 의사교환이 끝나자 유리로 된 우리에 입술을 대고 조그맣게 속삭였어. 그러니까, 입술의 움직임을 크게, 그러나 소리는 거의 들리지 않게.

"Do you love me?"

카챠는 주먹만큼 튀어나온 입술을 삐죽 내밀더니 마치 비웃는 것처럼 미소를, 그것을 미소라고 부를 수 있다면, 지으면서 고개를 가로저었어.

"오, 카챠, 너는 내가 하는 말을 이해하지 못하고 있어."

그는 머리카락 한 올 없이 반들반들한 자기 머리를 쥐고 흔들었어. 나는 그의 귀 옆에서 고통과 안타까움으로 불그스름해진 볼살이 흔들리는 것을 볼 수 있었어.

"Do you love me?"

그는 다시 한번 물었어. 입술의 움직임을 더욱 분명하게 해서 카챠에게 인식시키려는 듯 그의 턱은 비정상적으로 과장되게 움직였어. 오랑우탄 우리의 유리에 그의 이마와 입김 자국이 생겼어. 그러나 그녀 카챠는 조롱하듯이 입술을 번쩍 치켜 올려 엄청나게 커다란 이빨을 그에게 보여줄 뿐이었어.

"한번 더 해보지 그래요. 그녀는 어쩌면 영어를 이해하지 못하는 건지도 모르니까."

내가 참견했어.

"아니, 그녀는 영어를 이해해요. 다른 말은, 이해하지 못해. 나는 그녀가 태어난 직후부터 영어로만 대화를 했으니까."

그는 나를 쳐다보지도 않고 고개를 저었어. 그에게 나는 안중에도 없었어.

"오, 카챠. 단 한 번만이라도 좋으니 제발 사랑한다고 말해주렴."

그는 유리에 매달려 애원했어.

"그녀의 태도는 당신을 조롱하고 있는 것처럼 보이는데요."

"무슨 소리 하는 거요?"

그가 벌컥 화를 냈어. 그리고 설레설레 고개를 저었어.

"당신 같은 사람들은 죽어도 이해하지 못해, 죽어도. 카챠의 영혼 같은 것은 절대로 이해하지 못해. 그래, 당신은 이런 곳에 갇혀 있다는 것에 대해 한 번이라도 생각해봤나? 그녀에게도 선택할 자유가 있는 거야. 그녀에게도 대통령이나 부자들처럼 권리가 있는 거라구. 나는 한 달에 한 번씩 베르트하임 백화점 앞에 가서 데모를 하고 있어. 거슬러올라가보면 그들은 결국 보르네오에서의 학살을 용인한 놈들과 한패니까. 가죽을 판다는 것은 죽음을 용인하는 것 아니겠어? 동물원 원장 앞에 가서도 못 할 것 없지. 그녀를 이런 곳에 가두어놓을 권리는 누구에게도 없어."

그는 이해하지 못할 말들을 중얼거렸어.

"그녀에겐 아마도 이곳이 가장 안전할 거예요. 도대체 그녀가 어디로 갈 수 있다고 생각하는 거지요? 보르네오는 이제 더 이상 안전한 곳이 아닐 거예요. 그녀가 학살당할 위험이 가장 적은 곳이 바로 동물원이에요."

"어디로 간다는 의미가 아니야."

그가 얼굴을 돌려 나를 정면으로 응시했어. 그의 눈 가장자리는 축축하게 젖은 진흙빛으로 얼룩져 있었어. 뺨의 살은 여전히 불그스름했지만 그의 머리와 이마는 창백했어. 싸구려 털실 머플러와 중고 옷가게에서 산 재킷으로 축구광처럼 차려입고 있었지만 축구광은 아니야. 그는 콜록콜록 기침을 했어. 그의 목과 어깨는 마르고 뼈대가 굵었어.

"그녀에겐 죽음을 선택할 권리가 있어. 그러나 모두가 무시하고 있지. 그래, 그때부터 그녀는 변했어. 나는 그녀의 변화를 읽을 수 있어. 그녀는 죽음을 원해. 그녀는 내가 이 동물원을 폭파해서라도 자신을 죽여주기를 원해. 이런 삶에서 벗어나고 싶은 거야."

그는 바짝 마른 혓바닥으로 힘겹게 중얼거렸어. 나는 그의 신비주의가 마음에 들지 않았어. 카챠 또한 단지 동물원 킨트일 뿐인걸. 나는 항의했지.

"그녀는 동물원 킨트일 뿐이야. 이곳에서 태어나고 자랐어. 그녀는 다른 것을 그리워하지 않아. 나는 그렇게 생각해요."

"그래도 그녀가 나에게 그렇게 말했어. 나는 분명히 들었어. 그날 이후 그녀는 나에게 사랑한다고 말하지 않아. 그녀는 나에게 서두르라고, 자신의 고통을 보라고, 언제나 그런 식으로만 말할 뿐이야."

그녀의 항문은 머리통만큼이나 튀어나와 있어. 그녀는 자신의 항문이 사람들에게 주는 효과를 잘 알고 있는 듯했어. 카메라를 가져다대거나 어린아이들이 와글와글 몰려들어 갑자기 소란스럽게 굴거나 빤히 쳐다보거나 뭔가 심사가 뒤틀릴 때마다 그녀는 엉덩이를 번쩍 치켜들고 사람들을 향해 그 항문을 보여주곤 했어. 처음 보는 사람들은 다들 재미있어하지. 그리고 그녀의 구애자들이 그녀에게 애원하는 모습을 보는 것도 즐거. 그러나 지금, 지금은 카챠와 그와 나 이렇게 셋뿐이야.

"Tell me, you love me."

그는 다시 카챠에게로 눈길을 돌렸어. 그리고 나에게 카챠와 단둘이 있고 싶으니 더이상 방해하지 말아줬으면 좋겠다고 말했어. 카챠가 뭔가 그에게 할 말이 있어도 혹시 나 때문에 말

동물원 킨트

하지 못하고 있는지도 모른다면서. 카챠는 그를 조롱하면서도 그 앞을 떠나지 않고 있었어. 그가 입술을 움직여 아주 조그맣게 뭐라고 중얼거리면 반사적으로 고개를 저어가면서 말이야. 그러더니 바나나 껍질을 집어 그의 얼굴을 향해 던졌어. 철썩, 하면서 바나나 껍질이 두터운 유리에 부딪쳐 바닥에 떨어졌어. 나는 어슬렁거리며 다른 우리로 걸어갔어. 카챠의 우리 옆에는 고릴라처럼 덩치가 큰 오랑우탄이 있어. 그는 혼자 있고 그리고 언제나 죽음을 눈앞에 둔 사람처럼, 한계를 넘어선 공포와 절망으로 이윽고 무감각해져버린 표정을 짓고 있지. 어떤 인간도 그토록 스스로 이해할 수 없는 고뇌에 싸인, 그토록 처절하게 무거운 표정을 짓고 있는 것을 본 적이 없어. 그건 또한 아주 슬프고도 공허한 무표정이야. 그의 표정은 그 자체가 신음이야. 그는 한 번의 몸짓이나 사소한 걸음걸이로도 그의 스트레스를, 맞아, 그건 결국 죽음에 이르는 느리고 고독한 스트레스야, 웅변해. 그의 이름은 카얀이야. 그는 동물원 킨트가 아니고 보르네오가 고향이지. 그리고 그는 사람의 노인만큼이나 나이를 먹었어. 그는 더러운 담요 같은 털가죽을 잔뜩 걸치고 다녀. 무거워 보여. 어슬렁어슬렁 걸어. 그의 일그러진 얼굴, 사람들과 눈이 마주칠 때의 그 절대적으로 암울한 표정, 어디에도 구원은 없다, 라고 말하는 선지자 같아. 울고 싶어져. 그가 두려워. 왜냐하면 그 얼굴은, 한번 보고 나면 밤에 잠을 자면서도 잘 잊혀지지 않으니까. 나는 그가 카챠의 남자일지도 모른다는 생각을 해. 물론 동물원에서 계획해주지 않으면 아무 소용이 없는 일이지만 말이야. 그들은 서로 다른 우리에 들어가 있고 그 사이의 문은 언제나 닫혀 있으니까. 사람들은 카얀의 우리 앞에서는 오래 머물지 않아. 이상스러운 죄의식과 민망함을 느끼며 그들은 돌아서. 그들은 모두 알아차려. 카얀은, 자신이 사고한다는 것을 숨기지 않아. 그래서 그들은 갑자기 학교에서 배운 것을 기억하게 돼. 카얀은 친척일지도 몰라. 친척은 중요하지 않지만, 우리에 갇혀 있는 친척이란, 유쾌한 상상이 아니야. 카얀은 그들과 눈이 마주치는 것을 싫어해. 그런데 말이야, 내 생각은 그래. 그가 절망적으로 보이는 것은 사실은 사람들이 상상하는 것처럼 갇혀 있기 때문만은 아니야. 그는 어쩌면 정신병자야. (그것 말고 그가 될 수 있는 것이 뭐가 있겠어?) 또한 그는 과격한 허무주의자와 한패일 거야. 그는 관광객들에 대한 혐오감을 숨기지 않아. 그는 늙었고 편견에 사로잡혀 있어. 그는 덩치 크고 못생긴 늙은이야. 게다가 지금은 어떤 종류의 의욕도 가지고 있지 않은 무기력한, 단지 하나의 덩어리에 불과해. 동물원에서 만들어놓은 가계도에 의하면 그는 카챠의 직계가족이 아니야. 내가 카메라를 들이대니 그는 순간적으로

동물원 킨트

분노가 치미는 표정을 지었어. 그러나 아주 짧은 순간뿐이야. 그는 분노나 발작이 소용없다는 것을 알아버린 정신병자지. 그는 고개를 돌리고 그리고 몸을 돌리고 구석으로 걸어갔어. 그 뒷모습에서 아직도 사라지지 않은 증오가 느껴져. 그런 것을 알아차리는 것은 그다지 어려운 일은 아니야. 그래서 사람들은 감히 그 앞에서 오래 머물 수가 없어. 동물원을 나서면서 가장 잊고 싶은 것은 아마 이 거대한 오랑우탄, 카얀의 기억일 거야. 그래서 그의 정면 얼굴을 찍는다는 것은 상당히 어려운 일이야. 그것을 위해 나는 여러 롤의 필름을 이미 소모했어. 언젠가 이것들을 카챠에게 선물할 수도 있겠지. 그녀가 원한다면 말이야. 카얀의 눈동자는 공허하고 카얀은 아무런 희망을 갖고 있지 않아. 그 눈은 나에게 익숙해. 그러므로, 나는 계속해서 생각해. 카얀은 지금 눈이 보이지 않거나 아니면 이제 곧 눈이 보이지 않게 되리라는 것을 알고 있는 것이다, 라고. 그가 사람들이 자신을 주시하는 것을 알아차리는 것은 시력 때문이 아니고 카메라의 플래시나 소음이나 열기 혹은 냄새와 같은 기타 다른 동물적인 감각 때문일 거야. 이것은 매우 그럴듯한 생각이야. 나는 이 생각이 마음에 들어. 눈이 보이지 않는다면 어디서 살아가는 것이 가장 좋을까? 나는 계속해서 생각해. 병원, 감옥, 혹은 동물원.

의사가 나에게 우유에 담근 생간과 당근을 권했어. 실명의 시간을 늦추는 데 도움이 된다는 거야. (얼마나?)

겨울의 유령들

나는 생각해, 늑대는 겨울에 보아야 해. 캐나다 흰늑대 말이야.

눈과 전나무의 숲에서 살지. 물론 동물원에는 전나무 따위는 없지만 여전히 그들은 하얗거든. 겨울에 나는 그들이 꼼짝도 않고, 마치 풍경의 변함없는 일부인 듯, 그렇게 정지해 있는 것을 보았어. 물론 동물원에서. 텔레비전이 아냐. 바람이 불어와서 눈을 배경으로 있는 그들의 두텁고 단단해 보이는 털이 조금씩 흔들리는 것이 보였어. 그것을 제외한다면 움직임이란 없어. 나는 그 수를 세어보았지. 분명히 여섯 마리였어. 그들은 이름을 갖고 있지 않았어. 봄이 되면 하얀 털이 더러워지고 뭉치면서 듬성듬성 빠지게 될 거야. 분명히 겨울처럼 아름답지는 않겠지. 그들을 처음 발견했을 때의 감동을 잊지 못해. 눈에 덮인 동물원에서야. 하얀 눈과 털가죽 사이로 본능적으로 잔인해 보이는 작은 눈들이 허공을 노려보고 있었어. 이곳이 동물원이 아니고 구시가지 거리의 모퉁이나 빙판으로 덮인 시청의 광장이나 아무도 기다리지 않는 전차 정류장 앞이었다면 나는 그들을 겨울의 유령이라 생각했을 거야, 분명히. 그들을 보고 있는 동안 서서히 눈에 통증이 몰려왔어. 처음에 그것은 상당히 둔하고 느렸어. 나는 잘 분간되지 않는 사물들에 집중하느라 눈이 피곤해져서 그렇다고 생각했어. 나는 눈을 감았다가 다시 떴어. 그러는 사이 늑대들은 사라졌어. 원래부터 없었던 것처럼 우리 안에는 단지 흰 눈더미만 보였어. 그러다가 갑자기 앗, 하고 비명을 질렀어. 눈이 축축이 젖어왔어. 나는 눈에서 피가 난다고 느꼈어. 그렇게밖에 생각할 수 없는 그런 느낌이었어. 폭설이 내린 바로 다음 날이었으므로 동물원에는 아무도 없었어. 엄청나게 내린 눈을 완전히 치우기도 전이어서 나는 넘어지지 않도록 조심조심 걸어야 했어. 갑자기 사물을 분간하는 것이 불가능해졌어. 순간적인 일이었지만 그때의 감각은 특별했어. 눈이 완전히 보이지 않는 것은 아니지만, 망막에 맺힌 영상을 판단하거나 분석할 수 없어진 거야. 그것은 보이지 않는다는 것과 똑같은 그런 것은 아니었어. 눈동자와 사물이 제각각의 의지를 가지고 있어서 그들 스스로가 원할 경우

동물원 킨트

에만 모습을 나타내 보이기로 작정한 것 같았어. 그것은 또한 눈동자 자체에서 느껴지는 현기증과 같았어. 세상은 눈과 얼음 속에 갇혀 고요했지만 나는 내가 어디에 있는지, 무엇을 하고 있는지 알 수 없어졌어. 그때 보이지 않았던 그들이 천천히 움직이기 시작했어. 한 마리가 몸을 일으켰어. 거의 사자만큼 몸집이 컸어. 방금 내린 눈처럼 완벽해 보이는 흰빛이었어. 나는 몸을 움직일 수 없었어. 그들이 나에게 다가왔어. 겨울의 유령들 말이야. 어느새 그들이 우리 밖으로 나온 것인지, 아니면 그사이 내가 우리 안으로 들어선 것인지 알 수 없었어. 나는 간신히 눈을 만질 수 있었어. 손이 젖었어. 나는 피를 보게 될 것이 두려워 감히 내 손을 들여다볼 수 없었어. 공포보다는 무기력함이었어. 또한 그것은 익숙하게 묘사할 수 없는 감정이기도 했어. 내 눈에 보이는 것은 단지 눈과 그 사이에서 움직이는 흰 동물들과 그리고 그들의 작고 반짝이는 잿빛 눈들뿐이었어. 다른 외부의 것들을 나는 인지할 수가 없었어. 내 눈은 이상했어. 그런 일은 그때가 처음이었어. 눈에서 갑자기 피가 흐른다는 말은 그때까지 들어본 일이 없었거든. 늑대들이 피 냄새를 맡았을지도 몰라. 그들은 배가 고프지 않을 거야. 동물원에 있으니까. 나는 분명히 모든 것을 볼 수 있었음에도 불구하고 단지 그들만을, 그 흰 유령들만을 인지할 수 있을 뿐이었어. 점점 가까이 다가오고 있는, 점점 거대하게 보이기 시작하는 여섯 마리의 캐나다 흰늑대들을. 눈을 가렸어. 손으로 축축한 느낌이 전해져왔어. 아무 냄새도 나지 않았어. 그건 피가 아니었던 거야. 새 안경을 썼을 때처럼 머리 한쪽이 아팠어. 냄새가 강하게 느껴질 정도로 늑대들이 코앞까지 다가왔을 때, 나는 달아나야겠다는 생각이 들었어. (내가 한 마리 흰늑대였다면 그 경우 나는 달아나지 않고 그들의 언어로 말할 수 있었겠지.) 나는 정말로 달아나기 시작했어. 소리를 질러봐야 아무도 와주지 않을 것이고 그리고 내 목소리는 성대 장애 때문에 크게 나오지 않아. 달아나는 나는 어느새 네 발로 뛰고 있었어. 이유는 알 수 없었어. 바닥에 닿으면서 눈에 젖은 손이 얼음장처럼 차가워지던 것이 기억나. 나는 무척 빠르게 달렸다고 생각해. 나는 울부짖으면서, 눈에 덮인 길을 벗어나 나무와 구름 그리고 하늘과 번개 사이로 달려갔어. 얼음 조각들이 내 귀 바로 뒤에서 부서지는 소리가 우레처럼 크게 들렸어. 어떤 사물들은 터무니없이 크게 보이고 또 다른 것들은 아무리 다가가려 해도 멀어지기만 했어. 나무 위에는 목욕용 오일 병과 내 의자가 있었어. 눈 쌓인 공원에는 시가전을 대비한 탱크들이 줄을 지어 있었어. 그 위에 까마귀들이 내려앉았지. 하늘을 천천히 날아가는 푸른빛 머플러, 그러는 사이 내 눈동자가 나를 떠났어. 고통은 느껴지지 않았어. 내가 너무나 빨리 달리고 있었기 때문에, 그 속도 때문에 눈동자가 내 몸에서 이탈한다고 생각했어. 눈동자는 흐느적거리는 검은 점이 되어 허공을 떠돌았어. 그러자 사물들이 더욱 극명하게 현실감을 상실했어. 내 시각은 극단적으로 균형을 상실했어. 아주 멀리 있는 것이 분명히 보이거나 혹은 바로 앞에 있는 것들이 보이지 않거나 이백 겹 정도로 겹친 듯 어지럽게 보였어. 나는 지하철의 입구로 날 듯이 뛰어들어가 어두운 긴 터널을 지나 그다음 역 사거리의 출구로 다시 뛰쳐나왔어. 아무도 타고 있지 않은 버스가 조용히 길 한가운데로 달리고 있었어. 그러고는 역시 아무도 없는 정류장에 멈추어 서더니 조용히 문이 열렸어. 흰늑대 한 마리가 그 지붕 위에서 새빨갛게 하품을 하고 있었지. 얼음으로 뒤덮인 분수에서는 여전히 물줄기가 규칙적으로 솟아올랐어. 내 눈동자는 내 몸을 떠나서 이미 다른 것을 보고 있는 거야. 내가 달리고 있는 것을 나는 볼 수 있었던 거지. 나는 어느새 여섯 마리의 흰늑대들과 함께 달리고 있었어. 나는 이미 눈을 갖고 있지 않았어. 모든 것들을, 나와 분리된 눈동자가 내려다보고 있는 거야. 내 눈동자가 보는 것들은 이미 내가 있는 곳의 일이 아니었어. 나는 달리고 또 달렸어. (그것 말고는 할 수 있는 일이 아무것도 없었어. 더이상 두려움 때문만은 아니었어.)

물론 그것은 현실로 일어난 일은 아니었어. (당연하잖아? 이런 말을 들은 다음에 그것이 실제로 일어난 사건이었어? 아니면 환각이었던 거야? 하고 묻는 사람이 있다면 그는 바보이거나 시비 걸기 좋아하는 말꾼들일 거야.) 나는 사 년 전에 받았던 눈 수술을 기억해. 수술을 받을 수밖에 없었던 것은 내 눈이 더이상 빛을 견디지 못했기 때문이었어. 그런데 수술의 결과는 좋지 않았어. 빛을 볼 때의 쏘는 듯한 통증과 시력 상실은 감소했지만 집중할 수가 없게 되었어. 글자 같은 것에 무리해서 집중을 하고 나면 반드시 한시적인 시력 상실이 뒤따라왔어. 나는 실내를 더듬거리며 전기 스위치를 찾아 불을 켜고 그 창백한 어둠 속에 앉아 있곤 했어. 전혀 소용이 없는 것을 알면서도 나는 눈이 보이지 않게 되면 짐승처럼 벽을 더듬어 스위치를 찾아냈어. 눈이 보이지 않는 시간은 점점 길어졌어. 폭설이 내릴 때 그 늑대들이 보이지 않는 것처럼, 그런 식으로 모든 것이 보이지 않아. 나는 이제 책을 읽을 수 없어. 아주 잠깐, 밝은 카페에 앉아 신문의 헤드라인 정도나 들여다볼 수 있는 거야. 내가 타이 식당의 종업원 말고 다른 일은 아무것도 할 수 없는 것은 당연한 일이야.

그래서, 나는 다시 생각해. 늑대는 겨울에 보아야 해. 캐나다 흰늑대 말이야. 그들은 눈 속에 몸을 숨길 줄 알거든. 지난 봄에 삼백오십 킬로미터 떨어진 어느 도시를 찾아갔어. 그곳의 동물원에 흰늑대들이 있다는 말을 들었거든. 정말 그들은 있었어. 건조한 봄이었어. 그곳의 동물원은 널따란 평원 한가운데 있었어. 사방은 말을 위한 목초지였지. 동물원 치고는 이상한 곳이었어. 마치 스무 개 정도의 축구장을 합쳐놓은 듯한 평원 한가운데에 동물원이 있었던 거야. 동물원으로 가기 위해서는 평원 한가운데의 먼지 자욱한 비포장길을 한참이나 걸어가야 했어. 입장료를 내는 곳을 지나 더 걸어들어갔을 때 길 한가운데의 먼지 사이로 한 마리 공작새가 무거운 날개를 질질 끌면서 뒤뚱뒤뚱 걸어가고 있었어. 그래서 나는 내가 어느새 동물원 안으로 들어왔음을 알았지. 늑대 우리로 가니 그들은 흙을 파고 있더군. 누런 흙먼지가 자욱하게 피어오르고 있었어. 두 마리가 흙을 파고 있고 나머지는 그늘에서 잠들어 있었어. 흙을 파헤치는 규칙적이고 단조로운 움직임 말고는 모든 것이 시골의 한낮처럼 지루하게 고요했어. 반쯤 뜯다 만 죽은 닭이 사방에 흩어져 있었어. 그들의 털가죽은 이제 더이상 희지 않았어. 흙먼지처럼 누런빛에 군데군데 털이 빠져나가고 없었지. 흙을 판 늑대들은 그 굴 안에 들어가 앉았어. 다시 권태로운 광경이 펼쳐졌어. 아무런 움직임도 없는 풍경들과 끊임없이 지나가는 유아차들의 행렬 말이야. 지겨운 봄이었거든. 나는 계속 그 앞에 서 있었어. 꼼짝도 하지 않는 짐승들, 누런 흙먼지, 사방에서 풍기는 짐승의 냄새. 모든 것이 전형적인 동물원의 모습이었어. 사과를 들고 산책하던 늙은 사람이 나에게 물었어.

"당신은 어디서 왔지요……?"

이런 질문은 흔하게 받는 것이 아냐. 그것도 처음부터 이런 식으로 물어오는 사람은 중국 식당의 종업원밖에는 없을 거야.

"삼백오십 킬로미터 떨어진 곳에서."

나는 대답했지. 하품이 목구멍을 넘어오려고 하고 흙먼지 때문에 눈이 아프고 풍경이 희미하게 보였어.

"바흐를 들으러 왔나……? 오늘 토마스 교회에서 오르간 연주가 있는데."

"아니. 그게 누구지?"

나는 이를 보이면서 웃었어. 그 노인은 중요한 것을 가르쳐준다는 듯 내 쪽으로 좀 더 고개를 숙이고 말했어.

"저기 가면 바흐가 연주하던 교회가 있어…… 박물관도 있고…… 폐관 전에 가려면 서둘러야 할걸……"

"아니야. 난 이곳 동물원을 보러 왔을 뿐이야. 두 시간 후면 기차가 떠나. 난 그때까지 여기 있을 거야. 그것으로 충분해."

"뭐 하러? 모르는 모양인데 이 늑대들은 버르장머리가 없어…… 개와는 달라…… 비슷하게 보이지만 분명히 달라……

네가 여기 밤새도록 앉아 있어도 절대로 아무 구경거리도 보여주지 않을걸…… 난 그걸 잘 알지……"

그러면서 그는 다시 사과를 들고 제 갈 길을 떠났어. 여전한 흙먼지 길을. 나는 가방 속에서 마멀레이드를 바른 샌드위치를 꺼내서 한 입 베어물었어. 집에서 떠날 때 샌드위치를 준비하고 보온병에 커피도 넣었어. 커피와 샌드위치로 늦은 점심을 먹었지. 유아차를 끄는 여자들이 군인들처럼 무리를 지어 지나갔어. (유아차와 탱크의 공통점은 한 방향으로 가는 것을 좋아한다는 거야. 그들은 방향을 바꾸는 것에 익숙하지 않아. 그들은 하나의 지점, 변함없는 하나의 목표가 있는 듯한 표정을 하고 있지. 그것은 나에게 전쟁을 연상시켜.) 그러나 쌍둥이 유아차는 없었어. 한 시간 정도 그곳에 더 앉아 있다가 역으로 갔어. 역으로 가는 지름길을 모르는데다가 지도도 갖고 있지 않았기 때문에 적당히 방향을 잡아 무작정 골목을 걸었어. 음악학교 두 곳과 작은 교회를 봤어. 자전거가 빠르게 달려. 이윽고 역사의 커다란 지붕이 보였지만 걸어도 걸어도 가까워지지 않았어. 나는 눈을 비비면서 거의 달리다시피 했어. 그 기차를 놓치면 또 언제 기차가 있는지 몰랐거든. 플랫폼에서 실수하면 안 돼. 자칫하면 폴란드로 가는 기차를 타버릴지도 모르니 말이야. 하여튼 나는 간신히 기차에 올라탈 수 있었어. 그런데 말이야. 그때 나는 보았어. 기차에서 내린 사람인지, 아니면 기차를 타려 하는 여행객인지 알 수 없는 행인 하나가 내 차창 아래로 천천히 지나갔어. 기차 곁을 스치듯이 지나간 그는 마르고 키가 큰, 소년처럼 보이는 몸매였어. 그는 한 손에 흰 장갑을 끼고 있었어. 스키 장갑처럼 크고 손가락이 분리되지 않은 종류야. 다른 손에는 가방을 들고 있었어. 장갑을 끼기에는 좀 이상한, 그것도 그렇게 두꺼운 장갑을 한 손에만 말이지, 그런 날이었거든. 그때 나는 일어서서 통로에 있는 커피 기계로 커피를 뽑으러 갔어. 보온병의 커피가 아직 남아 있었지만 다 식어버렸거든. 그리고 기차가 움직이기 시작했지⋯⋯ 그래서 당연한 일이지만 나는 그를 다시 보지 못했어. 사실은 그를 기억하고 있지도 않았어. 보도가 나에게 그런 말을 해주기 전까지는 말이지. 그리고 흰늑대를 보러 간 날의 일을 생각하기 전에도 그에 관해서는 깡그리 잊고 있었어. 당연하잖아. 나는 그의 얼굴도 보지 못했어. 그는 단지 기차 곁을 스쳐 지나갔을 뿐이야. 아주 잠깐 유리창을 통해서 보았을 뿐이지만 그때 그는 공기 속으로 막 사라지려 하는 순간인 것처럼 느껴졌어. 만일 내가 커피를 뽑으러 가면서 다시 뒤돌아보았을 때 그가 더이상 보이지 않았다면, 정말로 그렇게 생각해버렸을 거야. 겨울의 유령이 빛 속에서 사라지고 있다, 라고.

1945년 4월 16일의 벙커

벙커를 보여주겠다고 한 대학생은 두스만에 나타나지 않았어. 당연히 그럴 거라고 생각했기 때문에 그다지 실망하지도 않았어. 사람들이 흔히 '쓰레기'라고 부르는 음반들을 모아놓은 코너로 다가갔어. 벌거벗은 여자의 몸에 가위나 식칼 혹은 못과 도끼를 꽂아서 상처를 입히고 피 흘리며 고통스러워하는 모습을 담은 사진을 비롯해서 정신을 어지럽게 만드는 재킷 사진을 가진 음반들이 진열된 곳이야. 나는 이 쓰레기 음반들을 몇 개 가지고 가서 청음 부스에서 들으려고 했어. (소음을 즐기고 싶을 땐 그런 것이 최고야.) 그런데 청음 부스 옆의 안내판에 나에게 보내는 메모지가 꽂혀 있었어. (그는 내 이름을 알고 있었음이 분명해.) 노트의 한 페이지를 통째로 찢어서 색연필로 쓴 메모는 크기에 비해 내용은 빈약했어.

벙커를 보겠다고 하는 사람들을 두 명 더 만났어. 그래서 그들을 데리고 벙커로 가야 해서, 시간을 맞출 수 없었어. 열두시까지 G공원의 레닌 기념비 앞으로 온다면 그들과 함께 벙커를 볼 수 있어. 우리는 열두시 정각에 출발할 테니까 늦으면 안 돼. 돈도 잊지 말도록. 두스만.

G공원은 이곳에서 지하철을 갈아타고 가야 하는데 결코 가깝지 않아. 시간 안에 여유 있게 그곳에 도착하려면 지금 당장 움직여야 해. 즉, 생각할 시간 같은 것은 갖지 못한다는 뜻이야. 생각에 잠겼다가는 시간에 맞추지 못할 테니 말이야. 나는 삼 초 정도 망설였어. 그러다가 다시 쓰레기 코너로 가서 음반들을 제자리에 놓아두고 지하철을 타러 갔어. 나는 이미 이곳에서 여러 개의 벙커를 보았어. 이곳은 지하철과 벙커의 도시야. 두스만이 보여주려는 것도 아마 내가 이미 본 벙커의 끄트머리 자락일지도 몰라. 그러나 어쨌든 벙커를 보기로 작정한 날이니 꼭 벙커를 보아야만 할 것 같았어. 나머지 것들은 나중에 생각하기로 했어. 레닌 기념비 앞에는, 두스만과 척 봐도 관광객이 분명한, 디지털 캠코더와 카메라로 무장한 일본인 둘이 기다리고 있었어. 두스만은 기념비 앞 계단에 앉아서 여유 있게 잡지를 읽고 있고 일본인 커플은 기념비를 찍고 있었어. 기

넘비 주변은 담배꽁초와 쓰레기로 지저분했어. 게다가 누군가 저 대머리가 레닌이라고 일부러 말해주지 않으면 그가 누구인지 도무지 알 수 없을 정도로 함부로 방치되어 있었어. 요즘은 레닌 사진이나 초상화를 보는 사람이 없을 테니 말이지. 게다가 레닌은 체 게바라나 케네디처럼 멋진 모습으로 찍힌 사진도 없잖아. 두스만은 저 일본인들에게도 이 공원에 대해 제멋대로 과장해서 선전했음이 분명해. 어쨌든 나는 다가가서 물었어.

"자, 벙커가 어디 있지? 안내해줘."

"용케도 시간 맞춰 왔군. 급할 것은 없어. 이제 천천히 가면 되는 거야. 입구는 팡크 거리 쪽으로 나 있어."

"뭐야, 그곳에 있는 벙커라면 난 이미 보았는걸."

예상하고는 있었지만 나는 역시 실망했어.

"무슨 소리, 내가 말하는 것은 이미 공개된 그 벙커가 아니야."

두스만은 잇몸을 드러내며 씩 웃어 보였어.

"그딴 거는 어린아이라도 아는 거지. 내 벙커는 공개되지 않은 거야."

"어떻게 그곳에 들어갈 수 있다는 거지?"

"언제나 나에게는 방법이라는 것이 있으니까."

그러면서 두스만은 주머니에서 커다란 열쇠 뭉치를 꺼내 보여주었어.

"실망시키지 않을 테니 걱정 말아. 그런데 옷이 그것뿐이야? 미리 경고해두겠는데, 벙커 안은 좀 추울 거야."

우리는 터덜거리며 역으로 가서 지하철을 탔어. 일본인 커플은 서른 살 전후로 보이는 얌전하고 조용한 사람들이었어. 두스만은 간간이 그들에게 G공원이 어떻게 만들어졌는지, 레닌이 어떤 사람이었는지에 대해 떠들어댔어. 내가 생각하기에 그 일본인들은 레닌에 대해 최소한 두스만보다 더 잘 알고 있음이 분명했지만, 두 사람은 순한 미소를 지으며 두스만의 말에 고개를 끄덕이고만 있었어. 두스만은 자신의 능력이 만족스러운지 나를 보며 자신만만한 미소를 지었지 뭐야. 그러고는 문득 생각난 듯이 물었어.

"미겔 소식은 들었어?"

"뭐라구? 미겔이라니?"

나는 처음엔 잘 알아듣지 못했어.

"네가 사진까지 보여주면서 그녀를 찾는다고 말했잖아."

"아아."

나는 그제야 그가 하마에 대해 말한다는 것을 눈치챘어.

"아니, 전혀."

"이런, 난 들었는데."

"정말?"

"그래. 너와 헤어지고 한두 시간 정도 지나서 말이야, 길거리에서 우연히 만난 옛날 성가대원 동료에게서 그동안 전혀 듣지 못하던 미껠의 소식을 들었지 뭐야. 우연이라고 해도 정말 신기한 일이야, 그렇지?"

"그녀는 왜 동물원을 더이상 산책하지 않지?"

"알 게 뭐야. 미껠은 원래 동물원 따위와는 아무런 상관이 없었어."

"하지만 난 그녀를 동물원에서 만났는걸. 그녀는 규칙적으로 동물원으로 왔다구."

나는 반박했어.

"그 이유는 모르겠지만, 내가 아는 미껠은 동물원을 산책하는 그럼 감상적인 여자애가 전혀 아니었으니 말이지. 적어도 사 년 전까지는."

"그래서 지금 미껠은 어디 있다는 거야?"

"배에서 일한다고 들었어. 그편이 훨씬 더 그녀에게 어울리는 일이지."

"배라니, 유람선 말이야?"

"유람선이 아니고 화물선이야. 폴란드에서 오는 것."

"미셸이 화물선에서 일한다구?"

나는 좀 어리둥절해졌어.

"그래. 북쪽 운하를 통해서 다니는 화물선 말이지."

"거기서 그녀가 무슨 일을 하는데?"

"뭐 촬영기사의 조수라고 들었는데 정확한 것인지는 잘 모르겠어."

그리고 그는 생각에 잠기는 듯 눈을 가늘게 뜨고 말을 끊었어. 잠시 침묵이 흘렀어. 우리 바로 곁에서 두 일본인도 침착한 태도로 그의 말에 귀를 기울이고 있었어. 그들이 두스만의 말을 완전히 이해하는지는 알 수 없었지만 그들의 표정은 몹시 진지했어.

"폴란드의 화물선에 대해 다큐 영화를 찍는 감독에게 임시로 채용되어 몇 달 동안 배에서 지내게 되었다는 거야."

두스만은 마침내 생각이 났다는 듯 천천히 설명했어. 두 일본인이 나보다 먼저 고개를 끄덕였어.

"그러면 이제 더이상 베이비시터 같은 일은 하지 않아도 되겠네."

"그녀가 베이비시터를 했다구?"

이번에는 두스만이 놀랐어. 그는 정말 놀라는 것처럼 보였어.

"하느님 맙소사. 미겔이 베이비시터를 했다구?"

그는 두 손을 높이 들고 외쳤어. 지하철에 있는 사람들이 다 쳐다볼 정도였어.

"왜 그녀가 그 일을 하면 안 되는 거지? 물론 그녀는 그 일을 그다지 즐기지는 않는 것처럼 보이긴 했지만……"

"그래도 절대로 그럴 리가 없어."

"그녀는 베이비시터 일을 할 수 있어. 왜 안 된다는 거지? 그녀는 일자리가 필요하고, 그리고 힘들고 신경이 많이 쓰이는 일이긴 하지만, 그래도 보수가 좋으니까 말이지."

"말도 안 되는 소리, 모조리 헛소리야."

두스만은 상소리를 섞어서 말하다가 일본인 여자를 향해서 사과했어.

"미안, 이 친구와 내가 좀 다른 얘기를 하다가 흥분해서 말이지."

일본인 여자는 괜찮다는 뜻으로 미소를 지어 보였어.

"미겔에게 일이 좀 있었어. 그녀가 아무 말도 하지 않았다면 물론 모르고 있겠지만 말이야, 그녀가 과거에 베이비시터 일을 할 때, 세 살 난 꼬마가 사고를 당한 적이 있었거든. 물론 그녀의 잘못은 아니었어. 흔한 말로 제기랄, 운이 없었던 거지. (일본인 여자에게) 이런 미안해. 우편배달부에게 사인을 해주는 동안에, 기껏해야 일이 분 정도였을 뿐인데 그런 일이 일어나서, 미셸은 그 충격에서 완전히 벗어나지 못하고 말았어. 무서운 일이잖아. 그녀는 경찰에서 긴 조사를 받았고 기소될 뻔하기도 했어. 무혐의로 처리되기는 했지만 말이야. 게다가 외국인에게 그게 얼마나 무서운 일인지는 잘 알고 있지? 그녀는 다시는 어린아이 근처에도 가지 못할 거야."

"그런 것은 전혀 몰랐어."

하마에게 그런 모습이 있었던가? 전혀 개의치 않으며, 따라서 귀찮아 죽겠다는 표정을 하고 있었지만, 하마는 유아차에서 잠시도 떨어지지 않았어. 하지만 그것은 당연한 베이비시터의 태도일 것이고, 그녀가 공포에 질려 있을 정도로 겁내는 모습은 보지 못했으니까.

"그래도 난 잘 모르겠어. 그녀는 자기가 돌보는 아이들에게 신경쓰지 않는다는 듯이 행동했지만, 결코 불성실하지는 않았어. 하지만 그것이 특별할 정도는 아니었는걸. 만일 자기가 돌보던 아이가 죽었다면, 나라도 도저히 다시는 그 일을 하지 못할 텐데. 그녀는 몹시 돈이 궁했던 거야. 분명히."

"내가 언제? 난 아이가 죽었다는 말은 하지 않았어. 죽은 건 아냐. 그건 단지 재수 없는 사고였을 뿐이야. 사고란, 운이 없다면 언제든지 일어나는 일이니 말이야."

두스만은 접착테이프로 고정한 안경테를 살짝 들어올렸어. 일본인 커플이 이십 센티미터도 안 되는 거리에서 (지하철에는 그날 따라 사람이 많았거든) 그의 안경테를 뚫어져라 쳐다보고 있었지만 그는 전혀 개의치 않았어. 그 순간에는, 마치 하마처럼.

"단지 무거운 화분이 아이 얼굴 위로 곧장 떨어졌을 뿐이야. 기르던 고양이 때문이었지. 모두 얼마나 겁에 질렸는지 비명도 지르지 못했어. 그때 일은 생각하기도 싫어. 미겔도 분명히 그럴 거야. 그런데 또 베이비시터라니 말도 안 돼."

그는 고개를 절레절레 저었어.

"그래서 어떻게 되었는데?"

"눈이 보이지 않아."

"뭐라고?"

"그냥, 눈이 보이지 않게 됐어. 결국은 그 아이가."

팡크 거리에서 우리는 모두 내렸어. 바구니에 담아 파는 빵을 하나씩 사 먹으면서 우리는 두스만을 따라 비스듬한 언덕을 걸어올라갔어. 지하철이나 버스를 타고 이곳을 자주 지나다녔지만 숨겨진 벙커의 입구 같은 것은 한 번도 보지 못했어. 낮은 경사의 쓰레기산이 밋밋하게 이어지고 지하철역 안으로 벙커가 연결되어 있었는데, 나는 그곳에 이미 가본 적이 있었어.

그런데 두스만은 우리를 경사진 언덕 뒤편의 술공장으로 데리고 갔어. 지금은 가동하지 않는 맥주공장이었어. 마치 수도원처럼 생겼는데, 흰 흙이 평평하게 깔리고 붉은 벽돌의 건물들과 발효탑이 있어. 주 건물인 공장 입구는 잠겨 있었지만 두스만은 그가 가지고 있는 열쇠 뭉치로 쉽게 열었어. 공장 내부는 텅 비어 있었는데 천장이 무척 높았어. 설비는 모두 치워진 모양이야. 금이 가고 깨진 유리창 사이로 빛살이 희미하게 들어와. 온통 거미줄투성이고 바닥은 먼지가 두텁게 쌓였어. 벽돌로 차곡차곡 쌓아 만들어진 건물은 매우 낡았지만 아름다워 보였어. 깨진 창문 너머로 마당에 서 있는 발효탑과 노동자들이 살던 건물이 보였어. 회랑을 가로질러 걸어가는데 곰팡이와 먼지 때문에 재채기가 나와. 공기는 정말로 손이 시리다는 생각이 들 정도로 싸늘했어. 오랫동안 사람의 온기 없이 방치된 공기였어. 두스만이 지하 저장고로 내려가는 문을 열자 습기가 가득한, 눅눅하고 차가운 기운이 잔뜩 밀려왔어. 아래는 깜깜해서 아무것도 보이지 않았어.

"걱정할 것 없어. 내가 손전등을 가지고 있으니까."

두스만이 무기처럼 생긴 커다란 손전등을 선반에서 꺼내 불빛을 아래로 비추었어.

"자, 이제부터는 계단이야. 저장고는 벙커와 연결되어 있어.

통로가 그다지 넓지는 않지만 걷지 못할 정도는 아니야. 이제 돈을 주겠어?"

일본인 커플과 나는 두스만에게 돈을 주었어. 하지만 아직도 속고 있다는 기분은 버리지 못했어.

"발아래를 조심해. 내가 앞장서겠어. 그 문은 열어두는 것이 좋아. 실수로 닫히기라도 하면 우리는 벙커 속에서 죽을 때까지 함께 살아야 할 테니 말이야. 설마 그런 것을 원하지는 않겠지?"

두스만이 아래로 내려가면서 전혀 우습지 않은 농담을 했어. 저장고를 다 지나갈 동안 우리는 한마디도 나누지 않았어. 저장고는 미로처럼 작은 방 여러 개로 나누어져 있었는데 두스만은 그런 것에는 눈도 돌리지 않고 앞으로만 나갔어. 시간이 지나니 이가 딱딱 부딪칠 정도로 추워졌어.

"자, 이제부터야."

두스만이 손전등으로 눈높이 정도의 벽을 비추자 어지러운 낙서들이 보였어. 여러 외국어들이 뒤섞여 있었어. 두스만을 따라 이곳으로 온 외국인들이 써놓은 것이었어. 그곳의 벽은 푸르스름해 보였어. 저장고의 한 귀퉁이가 무너진 자리에서 새로운 통로가 시작되고 있었어. 좁은 통로를 빠져나가자 길쭉한 방이었어. 두스만의 손전등을 따라 시선을 옮기자 거기 언뜻 보아도 오래된 듯한 열 개 정도의 변기가 벽을 따라 죽 열을 지어 놓여 있었어. 물론 수도시설이 되어 있는 것은 아니고, 변기통을 아래에 받쳐두고 쓰는 수동식 변기였어.

"여기서부터 시작이야. 숙녀용 화장실이지."

벽에 커다랗게 '부인용'이라고 적혀 있는 것을 보지 못했다면 나는 믿지 않았을지도 몰라. 정말 엉뚱했으니까.

"여긴 적어도 1930년대에 만들어진 것으로 보이는 벙커의 일부야. 국가사회주의자들이 벙커 프로그램을 세우고 지하시설을 건설할 초기 무렵에 해당돼. 물론 난 이곳을 전문적으로 알고 있는 사람은 아니야. 내가 직접 벙커를 발굴한 것도 아니고. 단지 난 벙커에서 살 수 없을까 하고 찾아다녔을 뿐이야. 방세를 내지 않아도 되니까. 그러다가 우연히 발견하고 그냥 내 나름대로 추리해본 거야. 하지만 분명히 이곳은 전쟁 중에 사용되었어. 민간인들이 사용했다는 흔적은 없어. 그러나 군인들이 상주한 흔적은 발견했지. 이제 우리는 그곳으로 가는 거야."

우리는 천천히 걸음을 옮겼어. 간혹 두스만이, 자 이제 계단이야, 조심해서, 세 발짝을 내려와, 하고 알려주었어. 길고 좁은 통로를 다 빠져나가 처음으로 마주친 큰 방에는 광산에서 쓰는 레일이 깔려 있고 벽돌 부스러기가 가득 담긴 커다란 밀차가 벽에 기댄 채 반쯤 쓰러져 있었어.

"이것으로 벙커에 필요한 물건을 외부에서 운반해오기도 하고 쓰레기 등을 내보내기도 했어. 동력이 따로 없었으니 사람이 직접 밀어야 했어."

"이 길이 외부로 연결된단 말이지?"

일본인 남자가 물었어.

"물론. 하지만 지금은 외부 벽이 무너진 상태이기 때문에 이 레일을 따라 계속 가지는 못해. 만일 연결된다면 이 길은 아마 지금 쓰레기산 쪽으로 입구가 나 있지 않을까 생각되는데."

벙커의 내부는, 지금까지 내가 보아온 벙커들과 크게 다르지 않았어. 차가운 시멘트 벽과 환기 파이프가 드러난 높은 벽, 그리고 누더기가 되어버린 매트리스 들이 널브러져 있는 침실 등이 그랬어. 다른 점이 있다면 이곳은 전기가 들어오지 않아 완전히 어둡다는 것, 청소가 되어 있지 않아 사방이 무너진 벽돌투성이로 걷기 힘들다는 것, 그리고 환기장치가 가동되지 않아 전체적으로 몹시 축축한 병균성 공기라는 것 등이었어. 그리고 이곳은 상당히 규모가 작은 편이었어. 콘크리트 벽에 번호가 적힌 침실도 많지 않았어. 그래서 아마 발굴작업이 진행되지 않은 채 방치되어 있었던 것처럼 보여.

"자, 이 방이야."

우리는 어느새 보통의 방보다 천장이 반미터 정도 더 낮은 방으로 들어서 있었어. 두스만이 가리키는 곳에는 나무로 된 선반이 있고 그 선반 위에는 두 개의 두개골이 나란히 놓여 있었어.

"하나는 인간의 것인데, 다른 하나는 뭐지?"

일본인이 다시 물었어.

"내 생각에는 개인 것 같아. 여기서 군인들이 데리고 있던 개가 아닐까."

두스만은 대답했어. 나는 개의 두개골이라고 불린 것을 들여다보았어. 그것은 분명히 짐승의 두개골이었지만, 개의 두개골이 어떻게 생겼는지는 도무지 알 수 없었어. 하지만 개와 상당히 비슷해 보이긴 했어.

"아니야, 벙커에서 짐승은 금지되어 있었어. 부족한 물과 산소, 음식을 생각해봐. 개를 기를 수는 없었다구. 어디선가 읽은 것 같은데."

일본인이 의심스럽다는 듯이 말했어.

"하지만 이곳은 그때까지는 점령되지 않았어. 단지 공중 공격을 피하기 위해 사용되었던 곳이라구. 그리고 정찰활동을 위해서는 개가 필요할 수도 있었으니까."

두스만이 대꾸했어. 일본인 여자는 그런 논쟁에는 흥미가 없다는 듯 두개골을 들여다보고 있었어. 그러다가 얌전하게 미소짓더니 두스만에게 말을 걸었어.

"미안하지만 내 생각에는, 이것은 개가 아니라 늑대의 두개골 같은데."

그 말에 두스만은 갑자기 웃음을 터뜨렸어.

"아니, 늑대라니, 이곳은 적군赤軍에 의해 모두 파괴되어 산산조각이 났어. 이곳에 머물던 사람들은 자신들의 운명을 미리 알고 있었을 거야. 그 무렵은 전쟁 중, 그것도 패전을 코앞에 둔 전시戰時였어. 우리는 지금 전쟁의 흔적 한가운데에 들어와 있는 거야. 이 도시는 폭격으로 잿더미가 되었어. 그런데 벙커에 늑대를 데리고 들어온단 말이지. 그리고 도대체 그 전쟁의 막바지에 이른 파괴된 도시 한가운데에 늑대가 어디에 있단 말이야? 말도 안 되는 소리!"

"미안하지만,"

이번에는 일본인 남자가 끼어들었어.

"아이코는 동물학자야. 그러므로 정확하리라고 생각해. 이중에서 정말 개와 늑대의 두개골을 비교해본 사람은 아마 아이코뿐일 거야."

"그렇다면, 여기 왜 늑대의 두개골이 있다는 건지, 그 이유를 말해줄 수는 있어?"

두스만이 묻자 일본인 여자는 고개를 저었어.

"그건 알 수 없어. 하지만 이건 집에서 기르는 보통의 개보다 조금 더 덩치가 큰 늑대의 두개골이야. 늑대와 개는 아주 비슷하지만, 두개골의 모양을 정면으로 보았을 때 이마 부분과 귀 부분을 잇는 선의 각도로 구분할 수 있어. 그게 가장 간단한 방법이지. 개의 경우는 그 경사의 각도가 늑대보다 더 급해. 금방 알 수 있어. 그래서 대개 늑대의 경우는 정면으로 얼굴을 보았을 때 개보다 더 둥글게 보이는 거야. 그런데 이것은, 지금 생각으로는 늑대의 두개골에 가까운걸. 그런데 누가 이것을 발견했지?"

"내가 직접. 다른 뼈들과 함께 이 근처에 파묻혀 있었는데 난 개라고 생각했어. 그래서 아마도 주인이었을지도 모르는 저 사람의 두개골 곁에 놓아둔 거야. 가는 붓으로 말라붙은 흙을 다 털어내느라 아주 힘들었다구. 다른 뼈들은 모두 가루가 되어 있었지만 저것들은 비교적 온전했거든. 운이 좋은 놈들이지."

나무 선반의 아래칸에는 진흙투성이가 되어 쭈그러진 철모, 구멍이 난 물통, 형체를 알아볼 수 없게 비틀린 가죽벨트와 군화 등등이 널려 있었어. 물통에는 칼로 새겨놓은 듯한 T. J. 라는 글자가 선명하게 보였어.

"이게 전부야?"

당연히 그러리라고 생각은 했었지만, 역시 나는 실망할 수밖에 없었어.

"뭐가? 근사하지 않아? 이건 보통 벙커가 아냐. 아무도 모르는 진짜 비밀 벙커라구."

"병사들의 흔적이 남아 있는 벙커라고 하지 않았어? 난 다른 벙커에서처럼 고물 축음기 정도는 있을 거라고 생각했어."

"필하모니용 벙커가 아냐. 그런 거라면 포츠담 광장에 있었겠지. 하지만 기다려봐, 지금 보여주려던 참이니까."

두스만은 몸을 숙이더니 손전등을 꺼버렸어. 그러자 말 그대로 아무것도 보이지 않아. 눈을 뜨고 있는지 감고 있는지도 알 수 없어. 그는 부스럭거리며 아래쪽에서 뭔가를 찾는 것 같았어. 서랍이 열리는 듯한 소리, 그리고 열쇠를 달그락거리는 소리가 한참 나더니 잠잠해지고 그리고 그가 다시 손전등을 켰어.

그가 내놓은 것은 초록빛의 조그마한 양철상자였어. 상자 뚜껑에는 '노르웨이산 초박형 빵―최고의 맛'이라고 적혀 있었어.

"이 상자는 내가 가져다놓은 거야. 전쟁 때는 물론 저런 빵을 구할 수 없었겠지."

두스만은 상자 뚜껑을 열었어. 그가 손전등을 비추는 대로 우리는 옹기종기 모여 상자 안을 들여다보았어. 거기에는 더 작은 또 하나의 누런 양철상자가 들어 있었어. 그 속에는 은박지로 테두리를 두르고 비닐 커버를 씌운 사진이 맨 위에 놓여 있었어. 흑백사진이고 병사의 사진이야. 군복을 입고 있었지만 모자는 쓰고 있지 않았어. 낡아서 그런 건지 피나 빗물에 젖어서 그런 건지 군데군데 얼룩덜룩했지만 얼굴은 알아볼 수 있을 정도였어. 그런데 그는 이제 막 김나지움에서 나온 듯한, 아니면 빵공장의 조수로 있다가 히틀러의 마지막 병사가 되어 전쟁터에 나온 듯한, 그런 소년이야.

"마지막 패전의 날까지 이곳에 머물렀던 병사야. 바로 이 벙커에서 말이야. 이 방에서 발견된 사람의 흔적은 T.J. 하나뿐이야."

두스만이 긴장을 삼키는 목소리로 알려주었어.

"그것을 어떻게 알 수 있지?"

일본인 남자가 물었어.

"뒤를 봐."

두스만이 사진을 뒤집자 거기에는 단정하고 소심해 보이는 필체로, 'T.J. 1945. 4. 16.'이라고 서명이 되어 있었어.

"그 사인을 한 뒤 정확히 이 주일 뒤에 그는 죽었을 거야. 팡크 거리의 이 벙커가 폭격을 당해 무너진 것이 4월 30일이었으니까."

"이것들, 사진을 찍어도 돼?"

일본인이 묻자 두스만은 안 된다고 했어. 이것이 외부에 알려지면, 자신은 좋을 것이 없다. 왜냐하면 공짜 잠자리를 잃게 되니까. 그것이 이유였어.

"T.J.는 누구일까?"

일본인 여자의 질문이었어.

"아마 T.J.라는 이니셜을 가진, 이곳에 머물던 한 소년 병사였겠지. 그가 이곳에 있게 된 자세한 이유는 알 수 없지만, 아마 그는 히틀러의 몇 안 되는 마지막 병사 중의 한 명이었을 거야. 징집 연령이 낮춰진 다음에 지원한 소년이었을 수도 있어. 그렇다면 굉장히 운이 좋았던 소년이지. 어쨌든 모든 사람들이 파멸을 예상하고 있었을 그때까지 살아남았으니 말이야. 뭐 내 생각이지만."

"하지만 결국 죽었잖아. 저것이 그의 두개골이라고 한다면 말이지."

내가 반박했어.

"그래, 맞아. 그의 늑대와 함께."

일본인 여자가 내 말에 호응했어.

"결국은 다 죽는 거야. 살아남아봤댔자 뭐 별수 있는 줄 알아? 전후의 가난과, 만일 당원이었다면 자칫 전범으로 몰릴지도 모르는 입장을 한번 생각해봐."

두스만이 조소하듯 말했어.

"다른 것은 뭐 없었어?"

"특별한 것은 없어. 이 벙커는 언젠가는 세상에 공개되겠지만, 이 사진과 두개골은 아니야. 이건 내가 발견한 거니까. 이 잿더미 속에서 말이야. 난 지금까지 많은 외국인들에게 이것들을 보여주었어. 그들은 모두 비밀을 잘 지켜주었지. 내가 외국인들에게만 이것을 보여주는 이유는 그들은 대개 언젠가는 이 도시를 떠날 사람들이기 때문이야. 그러므로 그들은 나와 이것들을 방해하지 못하니까."

"너는 어디에서 자는 거야?"

"이 방에서."

두스만은 씩 웃었어. 어둠 때문에 그의 병든 잇몸은 보이지 않았어.

"그러면 너는 이곳을 떠나게 되더라도 그것들을 가지고 다닐 거야?"

내가 묻자 당연하다는 듯이 두스만이 냉큼 대답했어.

"그럼. 이 사진과 저 두 개의 두개골은 분명히 내 것이니까."

"그걸 가지고 다니면서 뭘 할 건데?"

"세계를 돌아다니면서 사람들에게 보여주겠어. 안 될 거 없잖아?"

"나는 저 늑대의 머리가 마음에 들어."

"그래도 네가 가질 수는 없어. 팔지 않을 테니까."

그러면서 두스만은 선반으로 손을 뻗어 늑대―혹은 개 혹은 또 다른 동물―와 T.J.의 머리를 양손에 들었어.

"벽에 몸이나 옷이 닿지 않도록 주의해. 난 이곳 벽에 칠해진 것이 방사성 물질이라고 생각하거든. 물론 시간이 많이 지나서 해롭지는 않겠지만 말이야, 조심해서 나쁠 것은 없잖아. 이제 내가 불을 끌 테니까 카메라의 플래시를 사용해서 날 찍어봐."

불을 끈 상태에서 일본인이 플래시를 터뜨렸어. 그다음에 다시 불을 켜니 양손에 두개골을 든 두스만의 그림자가 벽에 선명하게 나타났어. 인화지 효과와 같았어.

왜 늑대의 두개골이 그런 곳에 있었다고 생각해? 만일 그의 말이 다 사실이라면 말이지.

나중에 우리가 팡크 거리로 다시 나왔을 때, 헤어지기 전에 일본인이 나에게 물었어.

나는, 어쩌면 그곳은 동물원이었을지도 모른다고 생각해. 만일 정말 늑대가 거기 있었다면 그것은 동물원이야. 그때 T. J. 라 불리는 한 동물원 킨트가 있어서, 적군赤軍에 의해서 도시가 전멸되는 시간을 하루하루 기다리고 있을 그때, 동물원에 대해 생각했을 거야. 그가 가질 수 있었던 최초이자 마지막 동물원을. 그는 시내의 동물원을 소개疏開시킬 때 늑대를 한 마리 가졌을 수도 있고 아니면 폭격으로 무너진 동물원에서 달아난 늑대를 거리에서 만났을 수도 있어. T. J., 그는 그런 식으로 해서 정말로 동물원을 가졌을 수도 있어. 1945년의 벙커 안에서 말이지. 도시에 반드시 필요한 것으로 숙녀용 화장실이나 필하모니, 공기 환기 펌프와 함께 동물원을 생각했다면, 그는 의심할 바 없이 동물원 킨트야. 비록 그것이 죽음을 기다리는 공포를 견디어내기 위해서였다고 해도, 그리고 그가 그 전쟁에서 가장 마지막에 죽을 운명이었던 몇 안 되는 히틀러의 나이 어린 병사 중 한 명이었다고 해도, 다른 이유들을 떠나 동물원 킨트는 동물원 킨트일 뿐이니까. 그래서 나는 그것을 알아.

러시아 호프 호텔

"나는 죽음이 두렵지 않아."
 내 친구, 보도의 말이야.
"이상하지만, 정말이야."
 보도는 덧붙여.
"그러면 보도, 실명에 대해서는 어떻게 생각해? 눈이 보이지 않는 것 말이야."
 내가 물어.
"그것은 생각해본 적은 없지만, 아주 불편할 것 같은데."
 보도는 원숭이처럼 작은 얼굴에 주름을 진하게 그으며 푸른 눈을 깜박거려.
"계속해서 글을 읽거나 쓰면 나는 이제 곧 실명할 거래. 그래서 다른 일자리를 찾고 있는 중이야, 보도."

나는 이 말을 그에게 여러 번 했어. 그는 내 미래를 알고 있는 유일한 사람이야. 내가 말했기 때문이지. 그 때문에 나는 그를 더 좋아하게 되었는지도 몰라.

"베토벤은 귀가 먹었지만 음악가로 일했어."

보도는 언제나 이 말로 나를 위로하지.

"그리고 아직 확실한 것도 아니잖아. 네가 조심한다면, 실명은 의사들의 말처럼 치명적인 수준은 아닐 거야."

"나는 음악가가 아니고 베토벤은 더더욱 아니야, 보도."

"네가 완전히 실명한다고 해도 너는 바이센 호수 가까이에서 살 수 있을 거야. 그곳은 생각만큼 그렇게 멀지는 않아."

보도는 바이센 호수에 있는 맹인 주택단지에 대해 말하는 거야. 그곳은 나도 알아. 한밤에 그곳을 지나다보면 이상한 침묵에 쌓여 대개 불이 꺼져 있는 창들을 만나곤 해.

"나이가 들면 시력이 나빠지기도 하니까, 사물이 불분명하게 보이는 거야. 게다가 글자는 영 읽을 수 없대. 우리 할머니도 그랬어."

나는 아무 대답도 하지 않아. 나는 보도의 할머니처럼 나이가 많지 않아. 하지만 보도는 계속해서 말해.

"죽는 것은 아무것도 아니야. 난 이상한 생각이 들어. 내가 죽는다고 절실하게 생각해도 아무런 두려움이 없어서 도리어 그것 때문에 두려워. 실명에 대해서는 잘 모르지만 언제나 불이 완전히 꺼진 밤이라고 생각한다면 크게 다르지 않을 거라고 생각해."

"나는 언제나 실명에 대해 생각해. 점점 생각하는 시간이 길어져."

나는 보도와 이런 식으로 대화를 나누는 것이 즐거워. 우리의 대화는 대개 처음도 없고 끝도 없어. 우리는 일부러 브로콜리가 들어간 국수를 오랫동안 씹어. 빵에 버터를 오랫동안 발라. 그다지 배가 고프지 않으면서 접시 바닥에 남은 국물을 그 빵으로 싹싹 훔쳐 먹지.

"그다지 도움이 되지 않는 일이야."

보도가 눈썹을 씰룩거리면서 말해.

"너는 아직 완전히 실명한 것도 아니고, 단지 지금 너에게 현실적인 문제라면 뭐, 책을 읽을 수 없다는 그런 정도에 불과해. 그런데 왜 그것에 대해 오랫동안 생각해야 하는 거지? 실명하기 전에 네가 볼 수 있는 것들은 훨씬 더 많아."

"이제 어디로 갈 거야, 보도?"

음식 값으로 지불할 동전과 지폐들을 탁자 위에 펼쳐놓는 보도를 보고 물었어.

"그냥, 산책…… 여기저기 말이야."

"비가 오는데……"

"괜찮아. 습관이 돼서, 이 정도는."

그러다가 보도는 갑자기 생각난 듯이 말해.

"러시아 호프 호텔에서 일했던 페터가 이제 이리로 올 거야. 그에게 내가 한잔 사겠다고 말해줘. 동전을 여기 두고 갈게."

보도는 상점에 커피를 마시러 들르는 손님들 중에서 러시아 호프 호텔 장기 투숙객인 아르메니아 상인과 친해졌는데 그를 통해서 페터를 알게 되었대. 나에 대해 전해들은 페터는 나를 만나고 싶어했어. 페터의 말로는, R부인의 집에 일을 배우러 다니던 남자애와 그 형제가 러시아 호프 호텔에 한동안 거의 매일 드나들었다는 거야. 그러니까 어쩌면 그가 하마와 그 사촌들에 대해 뭔가 알고 있는 것이 있을지도 모르고, 보도의 말로는 그것이 나에게 도움이 될지도 모른다는 것이었어. 그러나 보도는 페터를 그다지 신뢰하지는 않았어. 그는 술을 너무 많이 마셨거든. 일하지 않는 시간에는 거의 항상 술을 마셨으니까. 그가 러시아 호프 호텔을 그만둔 것도 사실은 술 때문에 쫓겨난 것이라고 하더군. 하지만 보도의 말에 의하면 적어도 그는 일하고 있는 동안에는 절대 취하지 않았어. 보도는 페터가 알고 있는 것이 나에게 도움이 될 거라고 믿지는 않았지만 어쨌든 나에게 그 이야기를 해주었어.

"하지만 페터가 한잔하고 싶어서 수작으로 하는 이야기일 수도 있어. 러시아 호프 호텔 같은 싸구려 호텔에는 온갖 수상쩍은 인간들이 드나드니, 그중의 아무나에 관해서 떠들어대면 너나 나 같은 사람은 그냥 속아넘어가고 말걸. 혹시 네가 실망할까봐 하는 말이야. 하지만 술을 제외하면 크게 나쁜 점은 없어. 도움이 되었으면 좋겠는데 말이지."

"보도, 너도 같이 있어도 좋잖아. 맥주 정도라면 내가 사도 좋아."

"아니, 그러지 않는 편이 좋겠어. 난 말이야, 산책하는 것이 좋아. 정말이야."

보도는 주머니에서 조그만 모자를 꺼내 뾰족한 머리 위에 얹었어. 그리고 끊어질 것처럼 짧고 가느다랗게 휘파람을 불면서 자리에서 일어섰어. 식당 안은 사람들로 가득 차서 김이 후끈거릴 정도였어. 게다가 모두 큰 소리로 웃고 떠들어대고 있었기 때문에 그만큼 목청을 높이지 않으면 옆 사람의 말소리가 잘 들리지 않아. 희미한 촛불이 밝혀진 탁자 사이로 넓적한 접시를 든 종업원들이 요리조리 빠져나가며 주문을 받고 있어. 나는 간신히 흑맥주 한 잔을 더 주문할 수 있었어. 보도는 밖으로 나갔어. 그리고 나는 기다려. 페터를 한 번도 만난 적이 없고 또 그가 알려주는 말을 들어서 뭐 어떻게 하겠다는 생각도 없어. 나는 그냥 기다릴 뿐이야. 실명과 함께 또한 하마의 소식을 말이야.

페터는, 덩치가 크고 입술이 삐죽 나온, 나이를 짐작할 수 없는 남자였는데, 수부水夫처럼 보이는 셔츠를 입고 왔어. 그의 수염은 바늘처럼 뾰족뾰족했어. 그는 나를 얼른 알아보고 먼저 다가왔어. 식당에 외국인은 거의 없었거든. 비를 맞은 갈색 머리칼이 젖어서 어깨로 물이 뚝뚝 떨어지는 것이 보였어. 그가 러시아 사람일지 모른다고 생각했지만 그렇게 보이지는 않았어. 그는 이미 어디선가 마시고 온 눈치였지만 우리는 다시 맥주를 주문했어.

"이상한 일이야. 그 쌍둥이는 친구가 있다는 말을 한 번도 하지 않았는데 말이지."

페터는 이렇게 시작했어.

"정말 잘생긴 애들이었는데. 세르게이 잡지에 모델로 나와도 손색이 없을 정도였지. 그런데 무슨 일로 그 쌍둥이를 찾는 거지?"

"내가 찾는 사람은 그 쌍둥이가 아니야. 그리고 그애들은 쌍둥이가 아니고 사촌이야. 그중의 한 명은 일 년쯤 전에 R부인에게서 재단 일을 배우러 다녔어."

"그래, 맞아. 그는 R부인의 집에 일을 배우러 다녔지. 직업학교에 다니고 있었거든. 다른 한 명은 김나지움에 다니고 있었을 거야. 그리고 그 둘은 대개 함께 다니기를 좋아했어. 러시아 호프 호텔에 살지는 않았지만 거기 살고 있던 여자애랑 친구였기 때문에 한동안 거의 매일 드나들었어. 잠깐 기다려봐, 그 쌍둥이의 이름이 무엇이었는지 이제 기억이 나려고 하니 말이야."

페터는 손바닥으로 이마를 짚더니 한참 생각에 잠기는 듯한 표정을 지었어.

"알겔마이어, 아니면 안헬리게마이어였어. 미안해. 정확하게 기억이 나지 않는데. 하지만 대충 비슷한 이름이었을 거야. 우리는 그들을 언제나 그냥 쌍둥이라고만 불렀거든. 그들은 언제나 함께였으니까 말이지."

"그중의 한 명이, 정확히 말하면 R부인의 집에서 일을 배우던 한 명이 사고를 당해 손을 다친 적이 있지 않아? 그들 세 명이 함께 여행을 다녀온 다음에 말야."

"아니, 그런 적은 없는데."

"한동안 흰 장갑을 끼고 다녔다고 하던데."

"글쎄, 내 기억에 의하면 그런 걸 본 적은 없는 것 같아. 정확하게 기억은 나지 않지만."

그렇게 말하긴 했지만 페터의 얼굴은 완전히 자신있다는 표정은 아니었어. 그는 그새 맥주 한 잔을 다 비우고 빈 잔을 맥없이 들여다보고 있었어. 그를 위해 흑맥주 한 잔을 더 주문하자 그의 얼굴이 밝아졌어.

"어쩌면 그애들이 다쳤다는 기간 동안 한 명만 드나들었을 수도 있지. 그 나이의 사내애들이란 좀 거칠 수도 있으니까. 그리고 설사 한 명만 드나들었어도 금방 눈치채지는 못했을 거야. 다른 한 명이 화장실에 갔다고 생각했겠지. 그애들은 워낙 비슷하게 생겼으니까."

이렇게 말하는 페터의 얼굴은 불그스름하게 달아올랐어. 비에 젖은 셔츠에서는 김이 피어올라. 밤이 깊을수록, 그리고 어둠과 빗소리의 울림이 커지고 식당 안을 가득 메운 사람들의 목소리가 뒤섞여 소음과 웃음소리가 의식을 몽롱하게 할수록 그의 눈동자는 충혈되어갔어.

"그애들은 식당에서 언제나 감자튀김과 콜라를 주문해서 그걸 먹곤 했지. 그게 가장 싸기도 했지만 그애들은 정말로 감자튀김을 좋아하는 듯이 보였어. 한 접시 가득 다 먹곤 했으니까. 그애들이 찾아오던 여자애는 러시아 호프 호텔의 다른 손님들과 마찬가지로 외국인이었어. 키가 크고 깡마른 몸매에 성질이 대단했어. 돈을 모아서 얼른 이 지긋지긋한 공동 욕실 호텔을 떠나고 싶다고 아무 감정 없이 말하곤 했어."

"페터, 넌 지금 어디에서 일하고 있어?"

"아무 곳에서도 안 해."

페터는 담담하게 말하려고 했어.

"이곳에는 싸구려 일자리를 구하는 외국인들이 너무 많아. 게다가 그들은 내가 조지아에서 왔다고 생각하고 당연히 거짓말쟁이일 거라고 생각해버리는 거야. 또 다른 호텔에서는 내가 러시아인인데다가 주정뱅이일 거라고 미리 단정하고, 또 어떤 곳에서는 견습기간이 필요하다면서 그 기간 동안 싼값에 부려먹고는 다시 채용하려고 하지 않고, 모두 그런 식이야. 그래도 러시아 호프 호텔은 내가 칠 개월이나 일한 곳인데 그만 해고되고 말았어. 해고되지 않았더라도 그만둘 수밖에 없었을 거야. 경찰 때문에 한곳에 너무 오래 있을 수가 없거든."

사실은 술 때문이잖아, 하고 말하려다가 그만두었어. 그도 이미 알고 있을 거라는 생각이 들었거든. 단지 모르는 척할 뿐이지.

"그 여자애 얘기를 좀 더 해주겠어?"

"어떤 여자애 말이야?"

"그 쌍둥이들이, 사실은 사촌이지만, 찾아오곤 했다는 러시아 호프 호텔의 여자애. 그녀의 이름을 혹시 기억할 수 있어?"

"그럼. 그 여자애는 넉 달도 넘게 호텔에 있었어. 나갈 때는 인사 한마디 없이 그야말로 바람처럼 사라졌지만. 그녀의 이름은 깐나였어."

"깐나라고?"

"그래."

"진짜 이름일까?"

"그건 알 수 없어. 여권을 본 적은 없으니까. 그래도 그 쌍둥이들은 그녀를 깐나라고 불렀고 우리도 모두 그렇게 알고 있었어."

"그리고 그다음에는?"

페터는 손바닥을 들어 보이며 아무것도 알 수 없다는 몸짓을 했어.

"그다음에는 모든 것이 끝이야. 여자애는 사라지고, 쌍둥이들은 더이상 찾아오지 않고, 나는 해고되었어."

"그게 전부야?"

"그래. 그게 전부인 셈이지. 유감스럽게도."

나는 몹시 실망했지만, 어쨌든 페터 잘못이라고는 할 수 없었어. 잠시 아무 말도 없이 우리는 한 모금씩 맥주를 마셨어.

"난, 네가 그 쌍둥이에 대해 뭔가 물어올 것이라고 생각했어. 내가 아는 것은 별로 없지만 그애들에 대해 이야기해줄 것이 뭐 있었으면 좋으련만."

페터는 조금 미안하다는 표정을 지었어. 지저분한 수염에 덮인 얼굴은 언제나 술 냄새를 풍기고 다녀서 험악해 보이지만 그는 마음이 여린 사람인 것이 분명해.

"아냐. 내가 알고 싶은 것은 그 쌍둥이가 아니라, 사실은 사촌간이지만, 그들의 여자친구였던 애야. 러시아 호프 호텔에서 살았다고 하는. 하지만 이제 아무래도 상관없어. 내가 찾는 여자애가 그 호텔에서 살았던 바로 그애라는 확신도 없고 말이지. 이곳은 외국인 천지인데다가 쌍둥이처럼 닮은 남자애들도 있을 수 있으니까."

"그러면 네가 알고 싶어하는 것은 바로 깐나의 소식이었군 그래. 처음부터 그렇게 말했더라면 더 잘 알려줄 수 있었을 텐데. 하지만 이제 걱정 마. 내가 말이지, 깐나를 두어 달 전쯤에 거리에서 만났거든. 우연이었어. 나는 역 근처에 있었어. 그녀는 유아차를 밀고 저편에서 오고 있었어."

"유아차라고?"

나는 몸을 페터 쪽으로 돌렸어. 어쩌면 러시아 호프 호텔에 살았던 여자애가 정말로 하마일지도 모른다는 생각이 그때 들었어.

"그래, 유아차."

페터는 내가 반응을 보이자 몹시 기뻐하는 기색이었어.

"페터, 말해줘. 그 유아차가 어떤 종류의 유아차였어?"

"그건 유심히 보지 않았는데. 잘 모르겠어. 그냥 보통 종류의 유아차가 아니었나 싶어."

페터는 자신없다는 듯이 말했어. 역 근처에서라니, 그는 그때 술에 취해 있었음이 분명해. 언제나 주정뱅이들이 슈퍼마켓 비닐백을 깔고 앉아서 술을 마시는 곳이니까.

"잘 생각해봐. 혹시 쌍둥이 유아차가 아니었어? 굉장히 큰 것 말이야. 물건을 두 개씩 넣어가지고 다닐 수 있게 만들어진 것."

"쌍둥이 유아차라고……?"

페터의 눈빛은 점차 흐려졌어. 생각에 잠기려 하는 것인지, 아니면 생각에서 벗어나려 하는 것인지 알 수 없었어.

"이것 봐, 사실은 난 말이야, 천구백칠십육년 부모님과 함께 크림 지방으로 여행을 갔는데 말이야, 너무 오래된 기억이라서 제대로 생각은 나지 않지만, 분명히 우리가 탄 열차칸에 러시아 군인들이 가득 탄 객차가 연결되어 있었어. 어느 순간 잠에서 깨어보니 온통 검게 반짝이는 총검들로 무장한 군인들이 옆 객차에 가득했어. 난 어렸기 때문에 무섭기도 하고 겁도 났지만 호기심도 생겼지. 우리는 그 객차에 함부로 들어갈 수 없었어. 기차가 어쩌다 정차하는 순간에도 말이지. 그런데 갑자기 기차가 초원 한가운데에서 멈추어버린 거야. 찌는 듯이 무덥고 바람 한 점 없는 공기 그 한가운데에서 말이지. 그중에……"

"페터, 크림 지방으로 가는 기차가 아니라 유아차 말이야."

내가 정정하자 페터는 정신이 든 듯 몸을 곧추세우고 다시 맥주를 주문하기 위해 종업원을 찾았지만 종업원은 보이지 않았어. 끊임없이 떠들어대는 사람들만 홀에 가득할 뿐이야. 밤이 점점 깊어가므로 나는 페터의 이야기를 다 들어줄 수 없었어.

"그래, 이제 생각났어."

페터는 갑자기 자신있고 활발한 태도로 돌아왔어.

"그건 분명히 쌍둥이 유아차였다는 생각이 들어. 네가 찾는 그 여자애가, 바로 깐나가 쌍둥이 유아차를 밀며 걸어오고 있었어. 나는 그애를 잘 기억해. 그애와 친구인 쌍둥이 남자애들 때문이지. 깐나는 새 일자리를 구해서 이제 어린애 돌보는 일을 하지 않아도 된다고 말했어. 그러면서 나에게 돈을 주고 갔어. 보기에는 나무막대기처럼, 사실 그애의 별명이 막대기였어. 뻣뻣하지만 상냥한 아이야. 가까운 곳이니 한번 놀러오라고 했는데, 이제야 제대로 생각이 나다니. 하지만 막 기차가 오려고 하는 참이었기 때문에 다른 이야기를 나눌 새가 없었어. 그 쌍둥이 이야기를 물어보려고 했는데 말이지. 내가 여권을 불태워버린 이야기를 했던가? 난 말이야, 길거리 불량배들이 내게 불가리아 출신이라고 욕설을 퍼붓기 전에 아르메니아 남부 지방 말로 엿 먹어라, 하고 근사하게 소리쳐줄 수 있거든. 그러면 그 애송이들은 내 자전거를 뒤쫓아올 테고, 운이 나쁘면 싸움이 벌어질 수도 있어. 그러나 뭐니 뭐니 해도 최악의 경우란 언제나 경찰이 개입하는 거야. 왜냐하면 그들은 언제나 내 여권과 외국인 등록 신고 상태를 보고 싶어하거든. 그러면 나는 시치미를 떼면서 그들의 말을 전혀 알아듣지 못하는 척하는 거야. 그런 것쯤은 자신있다구…… 이것 보십시오, 경찰관님. 우리나라에 있으면 나는 돈을 벌기는커녕 그 빌어먹을 엿 같은 군대에 가야 한단 말입니다. 게다가 뇌물 아니면 통하는 일이 없으니 나처럼 가난한 사람은 어떻게 살겠어요…… 안 그래요? 하고 말이지. 그렇게 사투리와 외국어로 떠들어대면 약이 오른 경찰은 내 여권을 빼앗으려고 한단 말이야. 언제나 그런 식이야. 그래서 나는 내 여권을 불태워버렸어. 이제 아무도 내가 어디에서 왔는지 알 수 없지. 술만 마시고 일자리도 없는 날 체포하고 쫓아내기를 원하겠지만 그들은 내가 어디서 왔는지 몰라. 그래서 결국 쫓아낼 수 없단 말이야. 그래서 나는 천구백구십팔년 이후 서류상으로 완전히 사라졌어."

그러고 나서 페터는 낄낄대며 웃기 시작했어. 나는 그가 하마에 관한 이야기를 계속 해주기를 바라면서 기다리고 있었어. 하지만 그는 웃음을 멈추지 않았어. 나는 간신히 종업원을 불러 계산을 할 수 있었어. 더이상은 술을 마실 수도 없고 밤이 깊은데다가 페터가 더이상 뭔가 알고 있는 것 같지도 않았거든.

"페터, 난 가겠어."

그러나 페터는 꼼짝도 하지 않고 새로 주문한 맥주잔만 바라보고 있었어. 나는 할 수 없이 자리에서 일어났어.

"어쨌든 고마워. 많은 도움이 되었어."

이렇게 말하고 내가 식탁을 떠나려고 할 때 페터는 내 등에다 대고 말했어.

"바랑스 전당포에 가면 깐나에게 내 안부도 전해줘. 언제나 우체국 일을 거들어주어서 고맙게 생각하고 있다고."

"뭐라고?"

"깐나의 새 일자리 말이야. 얼마 전에 새로 구했으니 아마 아직 일하고 있을걸. 부탁인데 내가 아직 이곳에 있다는 말은 하지 말아줘. 고향으로 돌아간 것으로 해줘. 그러겠다고 약속했으니까 말이야."

"다큐멘터리 촬영기사의 조수가 아니라?"

"무슨 소리야. 내가 바로 한 달 반 전에 분명히 들었는데. 촬영기사의 조수라니 엉뚱한 소리야. 전당포에서 일하게 됐으니 돌아가기 전에 한번 찾아오라고도 했는걸."

"바랑스 전당포라니, 어디에 있는 것 말이야? 설마 북쪽 거리에 있는 그것은 아니겠지?"

"왜 아니야? 러시아 호프 호텔과 같은 블록에 있어. 북쪽 거리 29번지. 노랗고 큰 건물이야. 그곳에서 일하게 되었다고 말했어. 가까운 곳이지."

그리고 그는 다시 침묵 속으로 빠져들었어.

양 동물원

그곳에는 한 종류의 동물밖에 없었어. 그건 양이야.

게다가 입장하기 위해 돈을 내야 하는 것도 아니고 '동물원 역'이라고 이름 붙여진 정류장이 따로 있는 것도 아니었어. 입구나 출구 같은 것도 없어.

양은 조용히 풀을 뜯고 있어. 양이 풀을 뜯는 풀밭은 깊숙이 들어온 만의 가장자리야. 썰물 때라서 바다는 보이지 않아. 댐을 따라 자전거 산책로가 나 있고 산책로를 따라 풀밭이 길게 이어져. 풀밭은 댐의 경사로인 셈이야. 그 끝이 보이지 않아. 내가 색을 다루고 그림을 그릴 수 있다면 나는 우선 빈 요트들이 정박한 썰물의 좁고 긴 진흙 바다를 그리겠어. 그리고 창백한 빛의 흙으로 덮인 산책로와 하늘을 그리겠어. 그리고 하늘과 진흙 바다가 닿은 부분부터 스케치북의 가장 아래쪽까지 초록빛 풀밭을 직선으로 그려넣겠어. 거기까지 그렸다면 이제 양은 그다지 중요하지 않아. 그런 목초지나 구름이 떠 있는 하늘이나 하늘을 날아가는 붉은머리오리의 무리나 바다 냄새를 풍기는 거친 바람이나 나무 울타리나 산책로, 이 모두가 양을 위한 것들일 테니까. 양 이외의 것을 연상시키는 건 없어.

나는 양을 바라보면서 걸어.

양을 바라보는 사람은 나 혼자뿐이야. 즉, 이방인은 나 혼자인 거야. 다른 사람들은 아무도 양을 보지 않아. 양들은 원주민들에게는 그만큼 일상적이고 또 그만큼 지루해. 나는 어느 도시에서나 나누어주는 구시가지의 지도를 손에 들고 있어. 관광객을 위한 지도에는 동물원은 빠져 있기 쉬워. 게다가 이렇게 동물원이라고 이름 붙여지지 않은, 그런 동물의 장소일 경우에는 더욱 그렇지. 나는 아주 가끔 가까운, 그러나 기차를 타지 않고는 결코 갈 수 없는 도시로 떠나. 그래서 그곳의 동물원을 방문해. 작은 도시들의 경우 가이드북의 어디에도 동물원에 대한 언급은 없어. 그러나 일단 시간표에 맞춰서 역에 도착한 다음 기차를 타고, 그리고 그 작은 도시의 역에 내린 후에 지나가는 사람들에게 묻는 거야. 저어, 죄송하지만 이곳에 동물원이 어디 있는지 가르쳐주실 수 있겠습니까? 그러면 대개의 경우 동물원의 위치를 가르쳐주지. 저편에 보이는 호수 너머로 계속해서 걸어가세요, 라든가 고속도로까지 버스를 타고 가서 유스호스텔 건물 쪽으로 가다보면 있어요, 라고. 대개 그런 알려지지 않은 동물원들은 시내 한가운데가 아니라 교외에 있어. 물론 어느 정도 큰 도시들엔 모두 동물원이 있어. 그런 동물원들은 지도에도 나와 있고, 여행안내소에 가면 오페라극장이나 거리 퍼포먼스 행사처럼 팸플릿도 구할 수 있어. 큰 도시에 있는 동물원은 규모가 크고 동물들도 많아. 동물원이 있는 큰 도시에는 거의 예외 없이 '동물원 역'이라고 이름 붙여진 역이 있기 마련이야. 그러나 작은 도시에 있는 동물원은 규모도 작고 스스로를 드러내기를 싫어하거나 수줍어하는 것 같아. 그런 곳에서는 마치 개인 농장 같은 동물원을 만난 적도 있어. 나귀와 오리 거위 칠면조 토끼 그리고 앵무새와 단 한 마리의 공작, 유리방 안에 갇힌 커다란 나방과 바퀴벌레, 실험용 쥐와 원숭이 등등으로 꾸며진 동물원을 만난 적도 있어.

    양 동물원은 그러나 처음이야. 단지 한 종류의 동물로만 이루어진 동물원도 처음이야. 내가 이 도시의 기차역에 처음 내려서 동물원으로 가는 길을 물었을 때 사람들은 고개를 저으면서 말했어.

    "이곳에는 동물원이 없습니다, 유감스럽게도."

    대기의 밀도가 유난히 희박한 것이 아닐까 싶을 정도로, 아니 그것이 분명했어. 태양빛이 밝고 뜨거웠어. 역 주변의 메인 스트리트를 따라 걷는 동안 나는 두 번이나 앞이 보이지 않는 경험을 했어. 태양빛은 총알처럼 눈동자에 정면으로 와 박히고 있었어. 그러면서도 북해에서 불어오는 바람은 얼음장처럼 차가웠어. 팔에는 금세 소름이 돋았지. 이 도시의 물과 바람은 일 년 내내 빙점 근처에 머무는 것이 분명해. 이런 곳에서는 어떤 동물이 살 수 있을까. 조용하고 의심이 많으며 왜소하고 나이든 공무원처럼 근심스러워 보이는 얼굴에 균형이 맞지 않게 두꺼운 담요와 외투, 권태에 강하고 소심해 보이는 길고 지루한 얼굴…… 양. 내가 양을 생각한 것은 바로 그때 양의 얼굴을 발견했기 때문이야. 구시가지의 좁은 골목길 한가운데 작은 기념품 상점에서였어. 그곳에서는 양의 얼굴이 찍힌 엽서를 팔고 있었어. 지루하게 좁고 긴 얼굴, 그리고 곱슬곱슬한 양털 담요에 깊숙이 파묻혀 있는 거야.

"겨울에는 어떻냐구요? 이곳은 일 년의 삼분의 이가 겨울이죠. 여름이라면, 여름은 좀 다르죠. 거짓말이나 혹은 꿈처럼, 터무니없이 짧기는 하지만 말이에요. 여름 두 달 동안은 항구는 요트로 가득 차버려요. 하지만 나머지 동안은 아무것도 없어요. 양뿐이죠."

기념품 상점의 사람이 별다르지 않다는 듯이 말했어. 항구

동물원 킨트

근처의 구시가지 골목에서 나는 또 발견했어.

'빈방 있음. 바다와 양 목장이 보임.'

양이 있었던 거야. 항구를 따라서 계속해서 걸어가자 물이 빠져나간 바닷길과 목초지가 보였어. 모든 길과 배경은 일부러 허공에 그려놓은 듯이 하나의 지점을 향해 모아지고 있었어. 나는 가방을 바닥에 내려놓고 먼 곳의 보이지 않는 바다를 향해 있는 소실점과 그 연장선상에 있는 장소를 찾아 앉았어. 나는 내가 단지 하나의 풍경이며, 그것을 완성시키는 일종의 정물이며, 단지 그것을 위해 이곳까지 왔다는 생각이 들었어. 그래서 행복했어. 혹독한 바람, 낮은 밀도의 대기, 아직 채 끝나지 않은 살풍경한 겨울에 찾아온 단 한 명의 여행자, 그리고 내가 발견한 양 동물원. 감동하지 않을 이유가 없었어. 나는 이곳의 모든 길과 직선이 향하고 있는 하나의 지점, 그것을 보려고 했지만 하늘에 높게 떠 있는, 믿을 수 없을 정도로 과잉된 섬광 그 자체인 태양빛을 느낄 뿐이었어. 나는 그 풍경의 일부가 되고 싶었어. 그 장소는 나를 떨게 만들었거든. 나는 가방을 옆에 두고 길 한가운데에서 팔을 위로 뻗은 채 길게 누웠어. 내 몸 역시 빛과 바람과 길이 향하는 바로 그 지점을 향하게 되었어. 나는 마침내 풍경의 일부가 되었어. 내 왼쪽으로는 바닷물이 흐르는 좁은 운하와 가늘고 앙상한 나무들이 바람에 애처롭게 흔들리는 매립지였어. 그리고 오른쪽은 나무 울짱이 쳐진, 세상에서 가장 길고 단순한 형태의 동물원이었어. 그리고 또한 이곳은 모든 바람의 고향이어서, 그 모든 바람이 이곳을 향해서 불어온다고 생각될 정도였어. 나는 하마를 생각했어.

하마
나는 지금 행복해. 양 동물원 놀이를 하는 중이지.
그래서 나는 동물원의 일부가 되었거든.

나는 기념품 상점에서 산 양 엽서에 그렇게 썼어. 더이상 다른 말은 생각나지 않았어. 하마가 옆에 있었다 해도 그 말밖에 할 수 없었을 거야. 북쪽 거리, 29번지 바랑스 전당포. 깐나. 페터는 하마의 성에 대해서는 말해주지 않았기 때문에 나는 그렇게밖에 쓸 수 없었어. 페터가 알고 있는 깐나가 내가 알고 있는 하마인지, 그것은 정확하지 않아. 가장 좋은 방법은 내가 바랑스 전당포를 방문하는 것이겠지만, 대신 나는 오백 킬로미터도 더 떨어진 먼 이곳까지 와서 하마에게 엽서를 쓰고 있어. 나는 북쪽 거리를 잘 알고 있어. 들어가본 적은 없지만 바랑스 전당포 앞을 자주 지나쳤어. 그곳은 건물의 이층에 있었는데, 입구가 따로 나 있었어. S. 바랑스, 라는 이름이 조그맣게 새겨진

동물원 킨트

문패가 현관문에 붙어 있어. 전당포로 들어가기 위해서는 먼저 벨을 눌러야 해. 깐나, 깐나를 만나러 왔다고 말하면 되는 거야. 경사진 양 동물원은 끝이 보이지 않을 정도로 길었어. 양들과 모든 풍경은 소용돌이치는 바람을 따라 보이지 않는 허공의 한 지점으로 소멸되어가고 있는 듯했어. 태양 때문에 간혹 찾아오는 안구의 통증은 눈앞을 잉크빛으로 흐리게 만들었다가 이윽고 잠시 동안의 암흑으로, 그리고 다시 시야의 모든 것을 규칙적인 흑백의 모자이크로 분해했어. 양들이 바다를 향해 허공을 날아가고 있어. 눈을 감았다가 다시 뜨면 모든 것은 다시 제자리야. 단지 찢어질 정도로 눈이 아플 뿐이지. 눈물을 흘린 다음에는 대개 통증이 좀 사라져. 그래서 나는 풀밭에 얼굴을 묻고 울었어.

새로운 슈테피

새로운 슈테피, 라고 돼지와 그 친구들은 불렀어.

"안녕."

슈테피가 돼지의 아파트먼트 현관 입구에 서서 그렇게 인사했어.

"안녕. 네가 그 새로운 슈테피구나."

나는 그녀를 본 순간 그녀가 슈테피임을 금방 알 수 있었어. 왜냐하면 돼지는 그의 새로운 여자친구 슈테피에 대해 자주 말했으니까. 새로운 슈테피, 라고 그는 불렀어. 그가 과거에도 슈테피라는 이름을 가진 여자친구를 사귄 적이 있기 때문에, 그리고 그 과거의 슈테피가 여전히 근처 아파트먼트에 살고 있기 때문에, 이야기할 때 혼란되지 않도록 하기 위해 그런다는 거야. 나는 그의 과거의 슈테피를 몰라. 그러나 보도의 집에 오래 드나들었던 사람들 중에는, 그의 과거의 슈테피에 대해 알고 있는 사람이 많았어. 심지어는 보도도 그녀를 알고 있다고 했어. 새로운 슈테피는 돼지보다 열여덟 살이 어린, 이제 스무 살의, 두 아이의 엄마라고 했어. 그녀는 미술학교를 일 년 다니다 말았고, 이전에는 건설회사에서 일하는 용접 기술자인 남자친구와 같이 살다가 돼지를 만나서 헤어졌다는군. 새로운 슈테피는 피부가 가무잡잡하고 몸매가 건강하면서도 날씬했어. 눈동자는 진한 청록색인데 일부러 고정시켜놓은 것처럼 거의 움직이지 않았어. 특히 누군가를 주시할 때면 더욱 그랬어. 그것 말고는 평범한 여고생 같은 인상이었어. 어깨까지 오는, 염색하지 않은 진한 금발에 운동복을 입고 있었어.

"늦었구나. 모두들 벌써 왔어. 돼지와 친구들이 주방에서 감자를 더 튀길 거야. 먹을 거라고는 감자튀김과 커피뿐이야. 그나저나 넌 보도의 친구 맞지? 돼지가 너에 대해 말했어. 보도에게 지적인 외국인 친구가 있다면서."

슈테피는 종이 냅킨에 싼 뜨거운 감자튀김을 후후 불어가면서 먹었어. 그리고 손에 묻은 기름을 닦기 위해 여분의 냅킨을 찾았어. 라디오의 채널은 KISS FM에 맞춰져 있었어. 집주인인 돼지와 그 친구들은 주방에서 감자를 튀기고 있었고 슈테피의 친구 산드라는 거실에서 라디오를 들으면서 조인트를 말고 있었어.

"괜한 소리야. 내가 대학에 다녔던 기간은 다 합쳐서 일 년도 채 안 되는걸. 학교에 나가지 않은 지 오래됐어."

"그래? 그러면 지금은 어디서 일하는데?"

"타이 식당. 일주일에 이틀만 일해."

"나도 릴라를 낳기 전에는 이탈리아 식당에서 일했었어. 지금은 아무 일도 하지 않지만. 피우겠니?"

슈테피는 산드라가 말아놓은 조인트를 하나 집어들고 불을 붙여 한 모금 피운 다음 나에게 내밀었어. 우리는 그런 식으로 번갈아가며 한 개비를 다 피워버렸어. 슈테피와 이웃에 산다는 산드라는 몸집이 크고 가슴도 커다랗지만 얼굴은 아주 앳되어 보이는 그런 여자였어. 주방에서 튀긴 감자를 가지고 들어오던 돼지가 그것을 보더니 벌컥 화를 냈어.

"뭐야, 슈테피! 내가 주방에 있는 사이에 그걸 혼자서 다 피워버리다니."

"슈테피 혼자 한 것이 아냐. 나도 같이 피운걸."

나는 슈테피를 위해 변명해주었어. 돼지는, 모두들 별명으로 돼지라고 부르고는 있지만 조금도 뚱뚱하지 않아. 그가 그렇게 불리는 이유는 어느 정도 호색한 같은 성향 때문이야. 그리고 그는 마음만 먹으면 두 명 아니 그 이상의 슈테피도 동시에 만날 수 있을 만큼 잘생기기도 한 배관 숙련공이었어.

그러나 새로운 슈테피는 그에게 냉정하게 대꾸했어.

"네가 친구들 앞에서 그렇게 소리지르는 것, 정말 마음에 들지 않아."

"무슨 말을 하는 거야? 난 너에게 소리지른 것이 아니라구. 그냥 질문했을 뿐이야."

"넌 무례하고 무신경해. 그것뿐만 아니라 인색하기도 하잖아."

돼지에게서 조인트 파티를 하니 놀러 오라는 말을 듣기는 했지만, 분위기가 이렇게 되니 더이상은 그다지 머물고 싶지 않아. 돼지가 무례하고 인색하다는 것은 어느 정도는 사실이었어. 그러나 나는 정말 오랜만에 조인트를 하고 싶기도 했거든. 그래서 온 거였지만 역시 돌아가는 편이 좋겠다는 생각이 들었어. 집으로 돌아가는 길에 조인트 기운이 올라올지도 모른다는 생각이 들기도 했지만 뭐 그렇게까지 많이 한 것 같지는 않아.

"돼지, 난 이만 돌아가겠어. 산드라, 슈테피, 만나서 반가웠어."

"벌써 가는 거야?"

"응. 내일도 일찍 일어나 모니터링 원고를 써야 하거든."

"뭐 하러 동물원 같은 곳에 일자리를 얻으려고 그러는 거지? 돈도 많이 받지 못할 텐데 말이야."

돼지는 이러면서 배웅해주었어. 슈테피는 돼지의 뒤에 서 있었어. 그날이 새로운 슈테피를 처음 만난 날이었어. 얼마 지나지 않아 나는 새로운 슈테피를 다시 만나게 되었어. 그녀는 보도의 상점에서 커피를 사고 있었어. 다시 만난 새로운 슈테피는 머리칼을 짧게 자르고 스카프를 두르고 있었어. 그녀는 보도에게 뭔가 열심히 묻고 있다가 나를 보더니 미소를 지었어. 좀 차가워 보이기는 하지만 호의적으로 느껴지는 미소였어.

"안녕."

이번에는 내가 먼저 인사했어.

"아, 안녕. 지금 보도에게 오늘 밤에 아기들을 돌봐줄 수 있는지 묻던 참이었어. 언제나 산드라에게 부탁했는데 오늘은 산드라의 아버지 생일이어서, 그녀가 봐줄 수 없게 됐지 뭐야. 그런데 보도는 아이들을 돌보는 일은 해본 적이 없어서 자신이 없다고 하고 있어."

"난 말이야, 아기들이 두렵거든. 갑자기 울거나 아프거나 하면 분명히 내가 먼저 패닉 상태에 빠질 거야. 아기들을 잘 돌보겠다고 약속해줄 수가 없어. 그러니 슈테피, 미안하지만 다른 사람에게 부탁해봐."

"보도, 조금도 어렵지 않아. 난 열시 반에 돌아올 거야. 아무리 늦어도 열한시 전에는 돌아온다구. 그리고 릴라와 휴고는 저녁밥을 먹자마자 잠드는 편이거든. 얌전한 애들이야. 너도 많이 봐서 잘 알잖아."

"글쎄, 그래도 책임지고 돌본다는 것은 어쩐지 좀, 그건 다른 문제잖아. 내 생각에는 야외 음악회니까, 아이들을 데리고 가도 상관없을 것 같은데."

보도는 자신없다는 표정을 지었어.

"그건 안 돼. 야외 음악회이긴 하지만, 돼지는 애들을 좋아하지 않아. 분명히 화를 낼 거야."

그러면서 슈테피와 보도는 동시에 나를 쳐다보았어.

"그 시간까지라면, 뭐 내가 할 수 있을 것 같기도 해. 난 그 애들을 모르긴 하지만."

나는 그렇게 말하고 말았어.

"분명히 애들은 여덟시부터 잠들기 시작할 거야. 넌 그냥 집에 머물러주기만 하면 돼. 고마워. 다음 주에 내가 저녁을 한번 만들어줄게."

그래서 나는 그날 저녁 일곱시에 슈테피의 집으로 갔어. 아이들을 돌보는 일은 한 번도 해본 적이 없어서 두려움이 있었던 것도 사실이지만, 슈테피를 돕는다는 것이 그리 나쁘게 여겨지지 않았어. 슈테피는 아이들에게 저녁을 먹이고 잠자리 준비를 마쳐놓은 상태였어. 그러나 아직 자신의 준비는 마치지 못해서, 나는 그녀가 스타킹을 신고 립스틱을 바르는 동안 두 살 난 휴고를 안아주고 있었어. 릴라는 숱 많은 검은 머리에 명랑한 둥근 얼굴과 가무잡잡한 피부를 가졌고, 휴고는 눈처럼 흰 피부에 아주 밝은 금발 고수머리였어. 휴고는 정말 깜짝 놀랄 정도로 아름다운 사내애였어.

"그애 아버지 머리칼 색이 바로 그랬어. 핀란드 사람이었는데."

슈테피가 그렇게 말하면서 두 팔을 들어 머리를 빗는 뒤쪽 창밖으로 두 그루의 보리수나무가 보였어. 슈테피의 집은 정원이 딸린 공동주택의 일층이었거든. 보리수나무 아래 길게 난 풀들 사이로 갈색 들토끼가 웅크리고 있었어. 그녀는 주방에 화장품과 거울을 가져다놓고 창가에 앉아서 화장을 했어. 침실 하나에 주방과 욕실이 각각 하나인 작은 집이었어.

"애들이 잠들면 여기 식탁에서 네 원고를 쓰면 될 거야. 그런데 너, 동물원에 취직하려 한다고 들었어. 정말이니?"

"그래. 채용될지 어떨지는 알 수 없지만 지원해볼 생각이야. 주방에서 담배 피워도 되겠니?"

"그럼, 물론이지. 그런데 재미있구나. 왜 하필 동물원이지?"

"나는 말이야, 언젠가 동물원이 되고 싶어. 그래서."

"뭐라구?"

슈테피는 구두를 신느라 허리를 굽히고 있다가 몸을 일으키고 웃었어.

"말이 안 되는 소리긴 하지만, 재미있구나. 하지만 지금 나는 가봐야 해. 늦으면 돼지가 화낼 거야. 음악회는 열시에 끝나는데 끝나자마자 돌아오도록 할게. 그럼 부탁해."

"아, 잠깐만. 혹시 저 나무, 뭐라고 부르는지 알아?"

나는 주방 창밖으로 보이는 두 그루의 보리수를 가리켰어.

"무슨? 저것? 이름을 말하는 거야? 몰라. 당연하잖아. 내 것도 아닌데 뭐."

그러더니 슈테피는 집을 나서기 전에 한마디 했어.

"정 이름을 부르고 싶으면 슈테피의 보리수라고 해."

여덟시 반에서 아홉시 사이에 두 아이들은 잠들었어. 아이들을 돌본 것은 처음이지만 다행히도 운이 좋았는지 특별하게 나쁜 일은 일어나지 않았어. 쌍둥이도 아닌걸 뭐. 잠든 아이들을 침대에 데려다 눕혔어. 슈테피와 아이들은 커다란 침대 하나를 다 같이 쓰고 있었어. 나는 커피를 한잔 만들어서 주방 식탁에 앉아 원고를 쓰려고 했지만 이미 완전히 어두워진 다음에도 바람에 잎을 떨어뜨리고 있는 슈테피의 보리수에서 눈을 뗄 수가 없었어. 그것은 키가 크고 잎이 많은 나무였어. 두 그루의 보리수는 정원에 있는 유일한 나무였어. 바람이 불 때마다 슈테피의 보리수는 몸을 부르르 떨어. 창문을 열자 운하와 어둠의 냄새가 나는 차가운 바람이 정원을 휘돌고 있어. 가을이 시작되려나봐. 슈테피의 보리수 잎들이 바람에 흔들리는 소리가 끊이지 않고 들려왔어. 마치 낮은 목소리 같아.

아이들을 돌봐주었기 때문에 슈테피는 정말 약속대로 그다음 주에 저녁을 만들어주었어. 돼지와 보도도 함께였어. 가끔 이상하다는 생각이 들어. 돼지의 주변에는 여자들이 많아. 그녀들은 돼지가 잘생겼다고 생각하는 거야. 첫번째 슈테피 말고도 돼지에게는 여러 명의 여자친구가 있었어. 그러나 설거지를 하면서 새로운 슈테피는 불만스러운 표정을 지었어.

"난 좀 더 아이들을 좋아하면서도 성미가 급하지 않은, 그런 남자가 필요해. 돼지는 아이들을 귀찮아해서 그것이 언제나 문제를 일으키지. 우린 그다지 오래가지 못할 거야. 돼지 때문에 우베와도 헤어졌는데, 지금 생각하니 우베는 아이들에게는 정말 상냥했는데 말이야."

우베는 슈테피의 전 남자친구인 용접 기술자의 이름이야. 슈테피는 열여섯 살 때 순전히 아이를 원해서 클래스메이트와

릴라를 낳았고 이 년 후에는 핀란드에서 온 세일즈맨과 사랑에 빠져서 휴고를 낳았어. 만일 돈이 생긴다면 캄보디아와 베트남을 여행하고 그다음에 미술학교에서 디자인 공부를 마저 할 꿈을 가지고 있어.

"그러나 지금은, 아이들 양육보조비로 살고 있어. 아이들이 좀 더 큰다면 나도 일을 할 수 있을 거야. 그러면 상황이 좀 나아지지 않겠어?"

슈테피는 접시를 행주로 닦으면서 말했어. 그러면서 슈테피는 움직이지 않는 눈동자로 나를 빤히 쳐다보았어.

"너, 아이들을 좋아해?"

"아니, 잘 모르겠어. 한 번도 생각해보지 않았거든."

거짓말이 아니야. 한 번도 생각해본 적이 없어. 나는 아이와 가까이 살아본 적이 없거든.

"아시아인은 어린아이를 좋아한다는 말을 잡지에서 읽었는데."

"무슨 헛소리야. 그렇지 않아. 그런 말은 다 루머를 꾸며대는 것에 불과해."

"그래? 몰랐는걸. 넌 시간이 나면 주로 무엇을 하니? 동물원인가 하는 글 쓰는 일을 하지 않을 때는?"

"동물원에 가. 너는?"

"우베와 있을 때는 주로 수영장에 갔어. 하지만 돼지는 가벼운 음악을 연주하는 콘서트에 가는 것을 좋아하지. 그때 말고는 멋진 양복을 입을 일이 없으니까."

슈테피가 좋은 여자라는 생각이 들었어. 좀 차가워 보이는 움직이지 않는 청록색 눈을 가졌지만 말이야. 그런 생각을 한 것은 분명 슈테피의 보리수 때문이었을 거야. 슈테피는 나에게 에베르스발데에 가자고 제안했어. 휴가를 떠나기 전에 아이들을 할머니에게 맡길 거라고 말이야.

모든 친구에게 쓴 절교의 편지

　너무 어두워. 난 빛이 필요해.

　방 안에서 글을 쓰는데 날이 너무 어두워졌어. 그래서 불을 켜기 위해 자리에서 일어났다가 내가 이미 전등 스위치를 올려놓은 상태에서 일하고 있었다는 것을 깨달았어. 내 눈이 보이지 않았던 거야. 나는 눈을 가까이 가져다대고 시계를 들여다보았어. 일곱시 오십분이었어. 이미 해가 진 지 오래였어.

　내가 이곳에 처음 왔을 때, 나는 친구가 한 사람도 없다고 생각했고, 그건 맞는 말이었지. 그러나 완벽하게 아무도 만나지 않은 것은 아니었어. 그때 나는 아주 근사한 수제품 가방을 가지고 있었거든. 나는 가방과 함께 기차에서 내려졌어. 돈이 없었던 것은 아니지만, 앞으로 무슨 일이 생길지 몰라 절약해야 하는 상황이었기에 나는 이곳에서 내가 가진 것을 가능하면 팔려고 했어. 나중에 그 첫번째가 된 것이 바로 그 가방이었어. 하여튼 내가 내린 곳은 '동물원 역'이었어. 나는 이미 여러 곳의 동물원 역에서 머물렀던 경험이 있었어. '동물원 역'이라고 이름 붙여진 많은 곳들을 알고 있어. 이곳처럼 커다란 중심가도 있었고 전차를 타고 가야 간신히 도착하는 교외의 역도 있었지. 플랫폼을 채 빠져나오기도 전에 누군가 나에게 말을 걸었어.

"이, 이 도시에 온 것을 환영해. 근사한 곳이지. 방을 차, 찾고 있어? 묵을 곳 말이야. 얼마나 머물 건데? 내가 알려줄 수 있어. 싸고 저, 정말 좋은 방이지."

나에게 최초로 말을 건넨 사람은 아직 십대를 벗어나지 않은 듯한 마르고 키가 작은 청년이었어. 그는 앞니가 두 개 없고 말을 약간 더듬었어. 앞니가 없어서 그의 발음은 바람 소리가 좀 스미든 것 같았지만 그러나 분명히 외국인은 아니었어. 한 손에는 슈퍼마켓 비닐백을 들고 있었어.

"난 돈이 많지 않아. 그리고 동물원 가까운 곳에 있고 싶어."

"동물원 역에서 아주 가까워. 그리고 정말 깨, 깨끗하고 싼 방이라니까. 나를 믿지 못하겠어? 일단 방을 보고, 싫으면 시, 싫다고 말하면 되잖아."

"조용한 곳이면 좋겠어. 떠들썩한 곳이 싫어서. 젊은 여행자들이 모이는 곳이라면 가지 않겠어."

"그런 걱정은 안 해도 돼. 우리 집에는 손님을 한 명만 받고 또 나, 난 말이 없거든."

그를 따라가서 머물게 된 방에서 나는 두 달을 살았어. 손바닥만한 마당과 거미줄 같은 전차의 선로가 내려다보이는 방이었어. 그의 말대로 동물원에서 아주 가까운 곳에 있는 땅층 방 두 개짜리 아파트먼트였어. 그사이 나는 일자리도 구했고 도서관의 정기 입장권도 만들었어. 비교적 좋은 날들이었어. 그는 휴가를 떠나거나 시간이 없는 이웃들의 개를 산책시키고 돌봐주는 것과 자신의 방 하나를 여행객들에게 빌려주는 것으로 생계를 해결하고 있었어. 그리고 그는 내 가방을 적당한 값에 팔아주기도 했어. 나중에 물어보니 전당포에 팔았다고 하더군. 그는, 자신의 말대로라면, 말더듬 때문에, 거의 입을 열지 않고 지냈어. 단지 나에게 주방을 안내해주던 첫날, 원한다면 중국음식을 요리해도 좋아, 하고 말한 것이 전부였어. 그는 아시아인은 모조리 다 중국인이거나 그 사촌들이라고 생각하고 있었거든. 뭐 아무래도 상관없는 일이지만. 물론 나는 중국음식을 요리할 줄도 모르고 그럴 생각도 없었어. 그는 정해진 일자리를 갖고 있지 않았지만 매일 아침이면 규칙적으로 집을 나갔어. 그가 어디서 무엇을 하는지는 아무도 몰라. 내가 있었으니,

동물원 역으로 여행자들을 찾으러 갈 이유도 없었으니까. 그는 매일 한 손에 알디 슈퍼마켓의 로고가 새겨진 비닐백을 들고 집을 나섰어. 그는 언제나 입술을 반쯤 벌린 채로 돌아다녔어. 선천적으로 호흡기가 좋지 않았나봐. 그와 같이 지낸 두 달 동안 나는 그가 옷을 갈아입는 것을 한 번도 보지 못했어. 물론 그가 세탁을 하는 것도 보지 못했지. 그는 대개 밤 열시에서 자정 사이에 집에 돌아왔어. 집 안에서 그는 불도 켜지 않은 채 두 손의 손바닥을 마주 대고 하나뿐인 주방의 의자에 앉아 마룻바닥을 쳐다보고 있을 때가 많았어. 그러다가 나와 잠시 몸이 스치기라도 하면 그는 나를 쳐다보면서 씩 웃었어. 주방은 몹시 좁아서, 물이라도 마시기 위해 움직이려면 본의 아니게 그를 방해할 때도 있었거든. 앞니가 있던 자리를 통해 검고 어두운 입속이 잠시 들여다보이다가 사라지곤 했어. 아주 가끔 알디 비닐백 속으로 손을 넣어 뭔가를 꺼내 우물우물 먹는 모습을 본 적도 있지. 나는 그 알디 비닐백이 그의 아이덴티티라는 생각이 들었어. 그는 언제나 낡아서 너덜너덜해진 그 비닐백을 손에서 놓지 않았으니 말이지. 나중에, 어느 정도 이 도시에 익숙해진 다음에 나는 간혹 그런 사람들을 만날 수 있었어. 전쟁이 끝난 이후부터 계속해서 걸치고 있었고, 앞으로도 결코 갈아입지 않을 생각임이 분명한 옷차림에, 한 손에 알디나 페니 마트, 혹은 레알의 비닐백을 들고 약간 멍한 표정으로 거리 곳곳을 서성이는 사람들을. 처음과 달리 나는 그가 유별나다고는 생각하지 않게 되었어.

   나는 그를 단 한 번, 밖에서 우연히 만난 적이 있어. 어느 날, 시내에 있는 예술아카데미 학생들의 졸업 연주회가 있다는 팸플릿을 읽게 되었어. 스크랴빈을 연주한다고 했어. 국립도서관 흡연실에서야. 난 식당에 일하러 가지 않는 날은 국립도서관 카페테리아에서 샌드위치와 커피로 끼니를 때웠는데, 값이 싸거든. 물론 맛은 형편없어. 껍질이 딱딱한 빵 사이의 치즈는 말라비틀어지고 상추는 시들었지. 하지만 뭐 먹지 못할 정도는 아니야. 흡연실에 앉아 있던 나는 옆자리에 앉아 있던 사람들이 재떨이로 쓰던 팸플릿을 읽은 거야. 연주회는 무료였어. 나는 몇 달 만에 음악을, 그것도 스크랴빈을 들을 수 있게 된 거야. 예술아카데미의 콘서트홀에서 열린 연주회는 졸업생들과 그 가족들과 몇몇의 친구들 그리고 근처에 산책을 나온 주민들이 청중의 대부분이었어. 연주회장 밖에서는 커피와 음료수와 와인을 간단한 요리와 함께 서비스하고 있었어. 휴식시간에 나는 캐비아를 얹은 크레페를 커피와 함께 먹다가 그를 본 거야. 그는 여전히 한 손에 알디 비닐백을 들고 반쯤 벌어진 입과 흙투성이 구두에 낡은 옷차림 그대로 신경질적인 천재의 이름

아래 서서 화이트 와인을 마시고 있었어.

　그의 집은 나에게 나쁘지 않았어. 일단 호텔이나 여관보다 훨씬 값이 쌌고, 지저분하기는 해도 조용했으니까. 그의 집은 내가 묵었던 모든 곳들 중에서 가장 조용하다고 할 만했는데, 그는 전화도 없었고 친구를 데리고 오지도 않았고 라디오나 심지어는 텔레비전조차 갖고 있지 않았거든. 그가 약을 했는지 그것은 아직도 잘 모르겠어. 경찰이 그렇게 말하기는 했지만 내 눈으로 본 적은 없어. 조인트라면 늘상 피워대는 눈치였지만 말이야. 그의 집에서는 동물원과 국립도서관이 모두 반시간 이내 거리였어. 내가 일하는 식당도 걸어갈 수 있었기 때문에 몹시 편리했어. 그래서 나는 가능한 한 오래 그곳에 머물러도 좋겠다고 생각하고 있었거든. 어느 날 갑자기 경찰이 찾아오지만 않았다면 말이지. 경찰이 벨을 누른 것은 그가 집에 들어오지 않은 지 이틀쯤 지난 다음이었어. 어쩐 일인지 그는 집에 들어오지 않았어. 하루가 가고 이틀이 가도 그의 방은 비어 있었어. 그런 적은 처음이었어. 그러나 내가 특별히 걱정한 것은 아니야. 한번, 이층에 사는 이웃이 다음 주에 자신의 개를 산책시켜줄 수 있는지 물어보러 방문한 것 말고는 아무 일도 일어나지 않았어. 그런데 이틀 뒤 아침에 경찰이 찾아온 거야. 경찰의 말로는 그가 죽었다고 하더군. 왜 그랬는지는 말해주지 않았고, 나도 감히 물을 엄두를 내지 못했어. 경찰이 두려웠던데다가 나는 그들의 말을 완벽하게 알아들을 수가 없었거든. 그들은 내가 누구인지 알고 싶어했고 나는 잠시 그의 집에 세를 든 사람이라고 했어. 경찰의 입을 통해 나는 그가 겨우 열여덟 살이고 이름이 막스 토마인 것을 알았어. 그러나 나는 그 이름이 거짓말처럼 들렸어. 경찰들은 빠르게 지껄여댔는데 나는 얼어붙어버려서 그 말들을 이해할 수도 단 한마디 질문할 수도 없었어. 그들은 막스의 방을 뒤지고 서랍과 욕실의 빨래 바구니도 뒤졌어. 그들이 뭔가를 발견했는지는 나도 잘 모르겠어. 그들은 한참 집 안을 소란스럽게 만들어놓더니 갑자기 모두 사라져버렸어. 경찰이 돌아간 다음 나는 짐을 쌌어. 그들은 다시 돌아올 것이 분명했거든. 그들은 분명히 나에게 막스와 어느 정도의 사이였는지 캐묻고 신분증이나 여권을 보여달라고 요구할 것이 분명해. 나는 그런 상황에 빠지게 되는 것을 원하지 않았어. 내 가방을 이미 팔아치운 다음이었기 때문에 두 개의 헝겊가방에 짐을 담고 나머지 것들은 그냥 놓아두기로 했어. 뭐 그다지 중요하지 않은 것들이었거든. 그리고 나는 막스의 집을 나왔어. 그때는 아직 오전이었어. 경찰에게 막스가 어디서 죽었는지 물어보는 편이 좋았을걸, 하는 생각도 들었지만 이미 늦은 일이었지. 나는 커다란 가방을 들고 동물원으로 갔어. 나는 타조와 오소리 그리고 흑멧돼지의 우리를 구경하면서 서성였어. 나는 다시 살 집을 찾아야만 했고 그 생각은 나를 어느 정도 우울하게 만들었어. 어쨌든, 막스는 내가 이 도시에 와서 가장 처음 만난 사람이었어. 너무 어두워. 난 빛이 필요해.

  그때도 이런 생각을 했던 것 같아. 물론 그때는 눈에 아직 구체적인 증상이 일어나기 전이었지만. 그때 동물원 타조 우리 앞에 가방을 깔고 앉은 채, 나는 내가 아는 모든 친구들에게 절교의 편지를 써야겠다고 생각했어. 이미 관계는 틀어지고 충분히 서먹서먹해져 있는 상태였지만 그래도 확실히 해두는 것이 좋지 않을까 생각한 거야. 언제나처럼 우유부단하게 보이는 것이라면 정말이지 참을 수가 없었거든. 굳이 절교의 편지 따위를 쓰지 않더라도 이미 만난 지도 오래되었고 자연스럽게 연락이 끊길 가능성이 많은 사람들이었어. 그러나 나는 편지를 쓰기로 결정했어. 나는 가방에서 노트를 꺼내 한 장 한 장 직접 연필로 쓰기 시작했어.

  안녕. 잘 지내고 있겠지?
  나는 너와 절교하기를 원해. 이제 다시는 만나기를 원하지 않고 그렇게 되지도 않을 거야.

동물원 킨트

　편지를 쓰다보니 마음이 아파지기도 했어. 어쨌든 나와 가까웠던 사람들도 있었고 내 사소한 부탁 정도는 친절하게 들어주었던 사람들도 있었으니까. 그러나 가까웠다거나 친절했다는 것은 이 경우 결코 본질적이거나 결정적이지는 못했어. 내가 절교 편지를 보낸 대부분의 사람들과 나는 결코 절친하게 지낸 것은 아니야, 사실은. 아마 모두 어리둥절하겠지. 생각하기에 따라서는, 언제나 해석하는 방법이 문제니까 말이야, 그들과 나는 나름대로 가까웠을 수도 있어. 그러나 설사 그렇다 해도 무슨 상관일까? 나는 한 도시를 떠나 다른 도시로 살러 갈 때는 과거 머물렀던 장소에 속했던 친구들과의 관계를 끊어야 한다고 생각하는 편이었어. 나는 결국 장소에 속하는 인간이었으니 말이지. 가능하면 나는 말이지, 사람보다 더욱 완벽하게 장소에 속하는 사물이고 싶어. 알디 슈퍼마켓의 비닐백이라든가, 날짜와 시간까지 찍혀나오는 전차 승차권이라든가, 밑바닥에 두 가지 언어를 혼합해서 문장을 만들어놓은 맥도날드의 커피잔이라든가 말이지. 그렇다면 내가 이런 식으로 절교 편지를 쓰고 있다는 것이 조금도 이상하지 않을 텐데. 나는 단지 장소를 옮겨 머무는 조용한 사물에 불과하니 말이야. 내가 굳이 그런 편지를 쓰는 이유는 그럼으로써 나는 점점 더 그것을 확인할 수 있기 때문이지.

지금까지 나는 두 번 절교 편지를 받아보았어. 당분간 연락하지 않고 지냈으면 좋겠다, 라거나 잠시 나를 혼자 있게 내버려둬, 하고 완곡한 표현으로 에둘러친 것들 말고 '절교'라는 단호한 단어를 사용한 편지 말이야. 어쨌든, 상관하지 않은 채, 나는 계속해서 써.

나는 모든 것들과 절교하려고 해.
너도 그 모든 것들 중의 하나니까.

그러고 나서 많은 시간들이 지났어. 단 한 번 오래전 그대로인 막스가 내 가방을 들고 북쪽 거리의 바랑스 전당포 계단을 천천히 올라가고 있는 꿈을 꾼 적이 있어. 그리고 바랑스 전당포의 문이 열리고 막스가 그 안으로 들어가지. 문 안쪽에 있는 사람의 얼굴은 보이지 않아. 그 장면은, 마치 내가 언젠가 실제로 본 것을 다시 기억하는 것처럼 익숙하고 그러면서 반복되는 기분이야. 그를 알고 있던 동안은 그의 이름을 몰랐기 때문에, 당연하게도 꿈속에서 나는 그를 부르지 못했어.

West Berlin

  슈테피의 부모님은 에베르스발데에 살고 있었어. 차로 사십 분 정도 걸리는 곳이지. 11번 고속도로를 타다가 다시 국도를 이용하면 돼. 슈테피가 그 지방 출신이라는 뜻은 아니야. 부모님은 은퇴 이후에 친척들이 살고 있는 소도시에서의 삶을 선택한 거야. 돼지가 차를 빌려주었기 때문에 우리는 기차표를 사지 않아도 되었어. 그러지 않았다면 아이 둘을 데리고 기차를 타야 했을 텐데, 굉장했을 거야. 슈테피가 아이들을 돌보고 내가 운전을 했지. 이틀 뒤에 슈테피는 돼지와 함께 이탈리아에 가게 되어 있어. 외국에 한 번도 가본 적이 없는 슈테피는 아주 즐거워하고 있었어. 외국뿐 아니고 슈테피는 자신이 태어나서 자란 도시 밖을 거의 나가본 적이 없다고 해. 그래서 그녀는 내가 아주 먼 곳에서 왔다는 사실을 종종 즐기곤 하지. 슈테피의 부모님은 기차역에서 멀지 않은 곳에서 살고 있었어. 나는 그녀의 부모님을 만나지 않을 생각이었어. 그럴 필요가 없잖아? 대신 나는 그녀가 부모님을 만나는 동안 언제나 그렇듯이 에베르스발데 동물원을 방문할 거야.

난 중앙역에서 865번 버스를 탈 생각이었어. 지도에 그렇게 나와 있었거든. 이곳은 작은 도시여서 동물원 역 따위가 없는 거야. 그 대신 사람들은 버스를 타고 동물원으로 가지. 슈테피와는 저녁때 다시 만나기로 약속했어. 그리고 나는 역까지 걸어나와 865번 버스를 탔어. 버스는 여느 작은 도시와 비슷한 풍경들을 지나쳐 달렸어. 오래된 시청사, 초록빛 지붕을 가진 약국 건물, 청동 조각상이 있는 분수, 음악학교, 이미 지나간 축제를 알리는 포스터, 돌이 깔린 광장, 선박용 승강기가 있는 운하의 사진, 꽃집과 교회, 그리고 숲 사이 길로 보이는 마을 공동묘지, 큰 나무 아래 두 마리의 멧돼지가 있는 도시의 휘장, 그리고 동물원.

버스는 동물원 정문 앞에 날 내려주었어. 나는 들어가기 전에 동물원 앞 광장에 앉아 잠시 담배를 피우기로 했어. 별로 서두르고 싶은 마음이 아니었으니까. 그러는 사이 학생들을 싣고 온 버스가 주차장에 멈추어 섰어. 동물원 견학이 있는 날인 것 같았어. 큰 아이들, 작은 아이들 해서 아홉 살에서 열세 살 정

동물원 킨트

도까지의 아이들이 스무 명 정도 버스에서 내렸어. 그들 중 몇 명은 손에 둥근 빵이 가득 든 바구니를 들고 있었어. 아마 곰에게 던져줄 생각인가봐. 아직 정오가 되기 전인 시간이야. 해는 점점 높이 떠올라 나는 빛 속을 서성이는 발소리에 귀 기울였어. 그러다가 마침내 입장권을 사고, 동물원 안으로 들어갔어. 내가 소멸된다는 것은, 참 기분 좋고 편안한 느낌이야. 정확히 설명할 수는 없지만 동물원으로 들어서는 그 순간에도 나는 비슷한 것을 느끼곤 해. 나는, 점점 없어지는 거야. 그후에 나를 지배하는 것은 그토록 먼 거리감. 절대치로 가벼워지는 존재의 소멸. 슬픔 없는 눈물이나 같은 옷을 입은 구별되지 않는 백 명의 오케스트라 단원. 그런 것에 불과해. 나는 동물원으로 걸어 들어가. 이윽고 나는 사라져.

하마는 내가 그녀를 찾고 있다는 사실을 알고 있을지도 몰라. 그래서 어쩌면 나를 기다리고 있을지도 모르지. 이런 생각이 든 것은 동물원 안에서 역시 선박용 승강기가 있는 운하의 사진을 보았을 때야. 승강기 관람 비용 오 마르크. 이런 안내와 함께 거대한 승강기에 의해서 들어올려지는 배의 사진이 있었어. 그런 방식으로 아래편 운하에서 위편 운하로 이동하는 거지. 사진으로 보는 승강기는 거대한 조선소나 아니면 전쟁으로 끊어진 철교처럼 보였어. 폴란드에서 출발한 칠백오십 톤 화물선이었어. 하마는 아직도 저 배에서 일하고 있을까? 두스만이 말해주었던 미겔이라는 여자는 하마가 맞을까? 어린 아기와 실명에 대해 신경질적인 두려움을 가지고 있고 잠시 루터 교회의 성가대원과 동거했고 끊임없이 R1을 피워대던. 아니면 주정뱅이 페터가 말한 대로 러시아 호프 호텔에 머물다가 지금은 바랑스 전당포의 점원으로 취직해서 기뻐하고 있다던 그 여자가 맞을지도 모르지. 북쪽 거리의 이층 전당포 창에서는 행인들로 가득 찬 시내 거리가 내려다보일 거야. 질척한 안개와 어두운 검은 석양, 어지럽게 엉킨 전차 선로와 멀리 보이는 동물원 안내 간판을 내려다보겠지. 나는 말이야, 동물원으로 가기 위해 자전거를 타고 그 길을 자주 지나다녔거든.

에베르스발데 동물원은 곰과 늑대를 한 우리에 넣어 기르고 있었어. 그런 식으로 하는 다른 동물원도 나는 알고 있어. 교사의 설명이 끝나자 중학생 아이들이 둥근 빵을 곰을 향해 던지기 시작했어. 나는 그들과 반대방향으로 걸었어. 나는, 선박용 승강기로 가볼 생각이야. 물론 나는 미겔이라 불리는 여자애를 만나지 못할 수도 있어. 승강기가 있는 곳은 항구가 아니어서 배에 탄 사람들의 얼굴을 볼 수는 없을 거야. 버스 정류장에서 나는 시내버스 노선을 찾아보았어. 파란 띠처럼 평원을 가로지르는 운하 저편에서 폴란드 화물선이 다가와. 그것은 승강기 도크에 들어가고 그리고 레일과 추가 움직이면서 승강기가 올라가기 시작하지. 배는 바다를 항해하는 화물선보다는 크기가 훨씬 작아. 입장료를 내고 들어온 몇몇의 노인들이 들어올려지는 배를 구경하고 있어. 나는 위편 운하에 서 있어. 그러나 배 위에는 아무도 보이지 않아. 다큐멘터리를 찍는 촬영기사도 그 조수도 보이지 않아. 단지 맑은 가을 하늘처럼 고요할 뿐이야. 거울처럼 편편한 운하 위를 흘러가. 그 배의 이름은 미겔이야. 아니면 미샤, 미카엘이었나? 눈을 깜빡거리고 다시 집중하려고 애써. 그러나 다시 나는 여전히 에베르스발데 동물원 앞 버스 정류장에 서 있는 거지. 나에게 다가오고 있는 것은 폴란드 화물선이 아니라 시내로 들어가는 버스였어.

잡음이 섞인 음악 소리가 들려왔어. 슈테피가 욕실의 라디오를 켠 모양이지. 역시 언제나처럼 KISS FM이야. 그녀는 그것밖에 듣지 않아. 슈테피의 두 살 난 아기가 목욕탕에서 찰박거리며 물장난을 하고 있군. 슈테피의 집 마당에는 두 그루의 보리수가 서 있어. 지금은 잎이 사라져가는 시간이야. 슈테피가 학교에 갈 준비를 하는 동안 아기를 돌봐주기 위해 나는 열려 있는 그녀의 방 앞을 스쳐 지나갔어. 슈테피는 거울 앞에 앉아서 머리를 빗고 있어.

"어떻게 해서 넌 그런 것이 되어버린 거야? 동물원 킨트 말이야."

이건 슈테피의 질문이야. 나는 어느덧 거의 매일처럼 슈테피의 집을 방문하고 있었어. 아침에 일어나 동물원으로 가. 그러고 나서 한 시간이나 두 시간쯤 머물다가 도서관으로 가서 점심을 먹고 원고를 써. 그리고 바로 슈테피의 집으로 가는 거야. 식당에 일하러 가는 날이나 의사에게 가야 하는 날은 예외지만 말이야. 저녁마다 슈테피는 실업자를 위한 직업훈련학교에 다니게 되었어. 릴라와 휴고는 그때마다 이웃인 산드라가 돌봐주지. 나는 매일 저녁 슈테피와 함께 전차를 타고 슈테피의 학교로 가. 그 학교는 내가 사는 곳에서 전차로 두 정류장밖에 떨어져 있지 않거든. 학교 근처에서 우리는 카페라테를 마시기도 하고 분수 곁에 앉아 있기도 해. 슈테피는 한밤에도 솟아나는 분수를 좋아해. 슈테피가 학교로 가면 나는 집으로 돌아가거나 보도에게 가서 저녁을 먹지. 이제는 자전거를 타고 다니지 않아.

슈테피는 담배에 불을 붙이고 라디오에서 나오는 노래를 따라 불러. 그녀는 목소리가 좋아.

When the sun sets over West Berlin,

I'll be leaving,

I can't come back again.

And I'm looking out over West Berlin,

West Berlin.

보도는 어느 날 나에게, 너, 슈테피를 좋아해? 하고 물었어. 왜 그런 걸 묻지? 하고 반문하니 돼지가 나에게 한번 물어봐줄 것을 보도에게 부탁했다는 거야. 그리고 덧붙였어.

"돼지는 말이지, 네가 슈테피에게 자전거를 선물한 것을 가지고 마음을 쓰고 있어. 돼지는 인색하기 때문에 슈테피에게 선물 같은 것을 잘 하지 않았는데, 그래서 너에게서 자전거를 선물받고 슈테피는 아주 기뻐하잖아. 돼지는 네가 슈테피를 좋아하는 것이 아닌가 생각이 들더라는 거야."

"자전거는 그냥 내가 이제 더이상 필요하지 않을 것 같아서, 게다가 슈테피는 갖고 있지 않고. 그래서 선물한 거야. 너도 알잖아, 보도."

"그래, 난 그러지 않을까 생각했어."

그러면서 보도는 내 눈동자를 가만히 들여다보아.

"하지만 돼지는 다른 쪽으로 생각하니 말이지."

"난 신경 안 써."

"어때, 바이센 호수로 이사 가지 않겠어?"

"조금 더 생각해봐야 할 것 같아."

"혼자 가기가 신경쓰인다면, 그러니까, 네가 원한다면 내가 같이 갈 수도 있어."

보도는 수줍어하면서 이렇게 말했어.

"보도, 아버지를 혼자 두려구?"

"뭐, 그렇게 된다면 이제 아버지도 혼자 살아야겠지. 언제까지나 내가 뒷바라지를 할 수는 없잖아."

"그렇게 말해주니 고마워."

"나도 내 텔레비전을 사고, 이제는 집에서도 텔레비전을 보고 싶어. 내가 좋아하는 걸로."

보도의 말을 귓가로 들으면서 나는 슈테피가 부르던 노래를 기억해내고 흥얼거려.

And I'm looking out over West Berlin,
West Berlin.

"너, 정말로 슈테피를 좋아하는 것은 아니겠지?"

보도가 걱정이 되는지 다시 물어와.

"뭣 때문에 보도 네가 그런 걸 걱정하는 거야?"

"아니, 난 그저. 내가 참견할 일은 아니지만 말이야."

그러면서 보도는 얼굴을 붉혔어. 어쩐지 화가 난 것도 같았어. 키가 작고 원숭이를 닮아 얼굴이 붉은 보도. 일 년 내내 좁은 상점 안에서 커피만 만드는 보도. 알레르기 때문에 여자들이 자신을 좋아하지 않는다고 믿고 있는 보도. 반드시 그럴 이유가 없는데 대개는 수줍고 겁먹은 표정으로 보이는 보도. 가엾은 보도. 굶주리거나 전쟁의 피해를 당하거나 개인적인 많은 불행을 겪은 것은 아니지만, 그래도 가엾은 보도. 이 세상을 둘로 나눌 수 있다면 부자와 가난한 자, 남자와 여자, 기독교도와 회교도 등으로 분리할 수 있는 것과 마찬가지로 자신만만한 자와 소심한 자로 나눌 수 있을 거야. 설사 부자거나 머리가 좋다고 해도 소심한 자들이 받는 고통을 자신만만한 자들은 전혀 모르지. 소심한 보도. 가엾은 보도.

"걱정 마. 내가 알려줄게. 아마 멀지 않을지도 몰라. 내가 바이센 호수의 맹인주택으로 이사를 가게 되면, 그러면 네가 괜찮다면 말이지, 우리 같이 살아도 좋아."

"정말이니?"

보도가 기쁨을 감추지 않으면서 물었어.

"그 말, 정말이니?"

"정말이고말고. 네가 원하는 동안은."

"나, 요리는 냉동감자튀김밖에 못 만들어. 그런 걸로 가끔 친구들을 초대할 수도 있을까?"

"그럼. 왜 안 되겠어?"

"콜라는 사서 냉장고에 보관하면 근사한 저녁식사가 될 거야."

보도는 마치 우리가 당장 내일이라도 이사를 가는 것처럼 즐거워하고 있었어.

"이봐, 보도. 뭘 즐거워하고 그래? 난 너에게 짐이 될 텐데. 마음이 바뀌면 언제든지 얘기해. 난 정말로 아무렇지도 않으니 말이야."

어디서 슈테피의 노랫소리가 들려오는 것 같아.

"나, 나 대사관에 전화를 해보았거든."

"무슨?"

"시리아. 네가 가고 싶다고 했잖아."

"아아, 참 그랬었지. 설마 보도, 너 여행을 갈 생각은 아니겠지?"

"아니야. 너를 대신해서 물어봐주려고 한 거야."

"보도, 괜한 일을 했어. 다마스쿠스에 동물원은 없어."

"어떻게 알고 있지? 너도 전화를 했었니?"

"아니. 그냥 알게 됐어."

예를 들자면, 나는 그런 따위를 생각해. 의미도 없는 거지만 말이야. 저녁 식탁에 둘러앉은 사람들의 모습. 식당과 연결된 어두운 거실에서는 텔레비전의 희미한 빛이 비치고 있어. 상당히 권태스러운 표정을 지으면서 음식이 나오기를 기다리는 거야. 튀김솥에서는 냉동감자가 한가득 튀겨지고 있지. 먹을 것이라고는 콜라와 냉동감자튀김뿐이야. 그것이 싸기도 하지만 빨리 먹을 수 있으니 말이야. 집 안에는 기차시간표 말고는 단 한 권의 책도 없고 사진이나 그림도 없어. 마치 눈먼 아프리카 사람의 집 같군. 한 병의 검은 콜라를 서로 나누어 마시고 있어. 그들은 가족일까, 아닐까.

부다페스트 가街

슈테피의 보리수가 잎을 앙상하게 떨어뜨려버린 어느 저녁, 나는 부다페스트 가의 한 카페에서 하마를 만나게 돼.

카페라테를 커다란 잔으로 마시면서 나는 저 멀리서부터 걸어오는 하마의 발소리를 들을 수 있었어. 나를 발견한 하마는 망설이지 않고 내 앞으로 와서 앉아.

잘 지냈어? 하고 내가 먼저 인사하지.

그저 그렇지 뭐. 넌 어때? 여전해 보이는구나.

그것은 분명히 하마의 목소리야. 그러면서 하마는 역시 카페라테를 커다란 잔으로 주문해.

그동안 어디에 있었던 거야?

그냥 여기저기. 하지만 그다지 먼 곳은 아니었어. 너도 알고 있을 거라고 생각했는데. 네가 그동안 나에 대해 여기저기 묻고 다녔다고 들었어.

하마는 퉁명스럽게 말했지만 기분이 상한 것 같지는 않아.

나는, 하마 네가 고향으로 돌아갔다고 생각했어.

고향이라고? 참 우스운 단어구나. 왜 그런 생각을 했지?

식당에서 같이 일하던 한 아이도 캄보디아로 돌아갔어. 오랫동안 말도 없이 보이지 않더니 말이야. 외국인들에겐 그런 일이 흔하니까.

흥. 바보 같은 생각이야.

그래서 너를 다시는 만나지 못할 거라고 생각하고 있었어.

그럴 일 없잖아. 이렇게 만나게 되었는데 뭐.

하마의 목소리는 다정했어. 그리고 하마는 손을 뻗어 내 얼굴을 잠깐 만졌어.

고향 같은 데는 가지 않아. 너도 그렇잖아. 그런데 너, 여윈 것 같아. 그동안 어디에 있었지?

난, 잠시 병원에 있었어.

병원엔 왜?

몸이 조금 좋지 않아서. 하지만 지금은 괜찮아.

다행이다. 병원에서 지루했겠어. 내가 알았더라면 한번쯤 방문했을 텐데.

상관없었어. 그곳에서 난 모니터링 원고를 쓰고 있었으니까.

모니터링 원고라니?

동물원에서 일자리를 구하기 위해 써야 하는 거야.

아, 그래, 참.

하마가 자기 이마에 손바닥을 가져다대는 소리가 가볍게 났어.

너는 동물원 킨트였지. 그래, 이제야 생각났어. 어때, 동물원 킨트? 네가 원하는 동물원을 찾아냈어? 아니면 그것을 마침내 가지게 되었어?

아니, 이제는 그럴 필요가 없어.

그건 무슨 뜻이야?

내가 동물원의 일부가 되었어. 그래서 굳이 그럴 필요가 없어졌어.

여전히 엉뚱한 소리만 하는구나.

내 엽서 받았어?

무슨 엽서를 말하는 거야?

양 동물원에서 내가 너에게 엽서를 보냈는데. 주소가 정확했는지는 모르겠지만.

글쎄.

하마는 잠시 생각에 잠겼어.

오래전 일이라서 말이야. 받았던 것도 같고 그렇지 않은 것도 같고. 친구들은 여행지에서 간단한 엽서를 종종 보내오는데, 그런 것들은 기억이 잘 나지 않아. 모아두지도 않고 말이야.

희미하게 옷깃 스치는 소리로 나는 하마가 여전히 흰 레인코트를 입고 있다는 것을 알았어. 그리고 하마가 설탕이 든 유리병을 거꾸로 해서 커피에 설탕을 쏟아붓는 소리도 들었어. 이제는 가을이 깊어져서 스웨터를 입지 않으면 카페 테라스에 나와 앉아 있지 못해. 이제 부다페스트 거리에서 불어오는 바람은 마음을 소리도 없이 무너지게 하지. 하마는 R1에 불을 붙이고 카페라테를 한 모금 마셨어.

그러나 그 엽서를 받은 것 같지 않아. 나는 말이야, 양 알레르기가 있거든. 그래서 아마 양 동물원에서 네가 뭔가를 보냈다면 금방 알 수 있었을 거야……

양 알레르기라고?

그래, 양 알레르기야. 피부의 발진과 천식 증세가 나타나. 그리고 눈이 찢어지는 것처럼 아프면서 눈물이 그치지 않아. 빨갛게 되는 것은 물론이고.

나는 그곳에서 너를 많이 생각했어.

흠. 그래도 내가 그곳에 없었던 것이 다행이야. 양이라니 말이지.

나는 거기서 동물원의 일부가 되었거든.

그건 무슨 뜻이야? 네가 양이라도 되었다는 거야?

그런 게 아냐. 난 동물에 대해 말하는 것이 아니고, 동물원이라는 장소에 대해 얘기하는 거야, 하마.

그렇게 말하고 나서 나는 하마가 벌컥 화를 내고 가버릴지도 모른다는 생각에 불안했지만 하마는 그러지 않았어. 대신 R1을 한 개비 뽑아서 내 입술 사이에 끼워주었어. 그리고 불을 붙여주었어.

도대체 넌 변함이 없구나. 피우겠니?

고마워.

부다페스트 가는 지금이 가장 아름다워. 그렇지 않아? 난 이맘때는 매일 이 거리로 나와. 이제 모든 축제의 시절은 지나가고 여행자들은 사라지고 우리가 견뎌내야 할 끝없는 혹독함은 아직 몰려오기 전이야. 만추의 부다페스트 거리에 앉아 있는 걸 나는 정말 좋아해. 이맘때 이곳은 전쟁 이후 시간이 그대로 멈추어버린 듯하지…… 저녁 일곱시가 가장 좋아. 지난주에는 교회에서 바흐 연주회를 했어. 혹시 들었니?

설탕을 친 커피를 마시면서 하마는 물었어.

그래. 너도 거기에 있었니?

비 오는 밤에 축축하게 젖은 광장의 벤치에 앉아 샌드위치를 베어먹으면서 교회에서 흘러나오는 푸른 불빛을 바라보던 것이 생각나. 그것은 바로 이 부다페스트 거리에서 있었던 일이지. 밤새도록 기차를 타고 달려온 나는 커다란 트렁크를 든 채 동물원 역에서 내렸어. 나는 이곳이 좋았어. 첫번째는 역에서 가장 가까운 곳에 동물원이 있었기 때문이고, 두번째는 내가 태어나고 자란 바로 그곳이 아니었기 때문이었어. 승객 여러분, 이제 여러분은 곧 동물원 역에 도착하게 됩니다. 이 열차는 더이상 가지 않습니다. 동물원 역에서 다른 열차로 갈아타시면 계속해서 프리드리히 거리, 알렉산더 광장으로 가실 수 있습니다…… 역에서 안내방송이 들려와. 그래, 그것은 모두 이 부다페스트 거리에서 있었던 일이지.

너 알고 있니? 만추의 해 질 무렵, 부다페스트 거리의 공기 중에서는 담배연기도 달라……

하마가 말하고 있어. 해 질 무렵, 내 눈이 가장 보이지 않는 시간이야. 빛도 어둠도 완전히 점령하지 않은 모호한 그림자의 공간, 재로 가득 찬 커다란 난로 속처럼 검은 회색빛의 이 세상. 하마의 구두가 거리의 노란 벽돌 위를 걷고 있어. 담배연기가 마지막 석양의 불씨 속으로 사라지면서 그 검은 지상의 어둠 속에서 하마가 눈을 감아. 그런 장면들은 내가 실제로 본 것일까? 아니면 단지 들은 것에 불과할까? 수많은 발소리들이 들려와. 수많은 사람들이 들려. 수많은 사람들이 모두 천천히 눈을 감고 있어. 그것이 들려. 하마가 나를 바라보는 것이 들려. 하마의 메마른 손바닥과 머리카락이 저녁빛의 불씨 속에서 타들어가는 것이 들려. R1의 연기와 커피 냄새에 가득 찬 공기가 바람에 실려 사라지고 있어. 차갑고 건조한 바람이야. 이곳의 바람은 우리를 델피 극장으로 실어가지. 하마, 우리 델피 극장으로 영화를 보러 가자.

그러나 하마는 조용히 말할 뿐이야.

나는…… 아마 이렇게 담배를 피우다가 이곳에서 죽게 될 거야.

네 친구들은 어떻게 됐어? 그 쌍둥이처럼 닮은 사촌들 말이야.

그들을 이곳에서 만나기로 했어. 우리는 오랜만에 세 명 모두 함께 델피 극장으로 영화를 보러 가기로 했거든. 정말 오랜만이지. 우리가 여행을 다녀온 이후 처음 있는 일인 것 같아. 그들은 다 잘 있어. 어때? 너도 같이 가겠니? 델피 말이야.

아니. 난 이제 영화는 보지 않아. 눈이 아파서 말이지.

아아, 그렇구나.

그러다가 문득 하마는 나에게 물어.

동물원 킨트, 너는 어디서 왔니?

내가 떠나온 곳은, 너의 고향에서 그다지 멀지 않은 나라야.

그럼, 이전에도 서로 만난 적이 있었을까? 대도시 출신이니?

그렇긴 하지만 서로 만난 적은 없을 거야. 나는 네 고향에 간 적이 없으니까.

지금은?

난, 이사를 했어. 바이센 호숫가의 한 공동주택에서 살고 있어.

바이센 호수라고?

하마는 이상하다는 듯이 되물었어.

그러나 오래 머물지는 않을 거야. 이제 완전히 겨울이 되면 그곳은 너무 쓸쓸하기 때문에 사람들은 견디지 못하고 떠나거든. 난 말이야, 보도라는 친구와 함께 다른 곳으로 떠날 생각이야.

너야말로 고향으로 돌아가는구나?

아니.

나는 고개를 저었어.

내가 어딘가로 간다면, 그곳은 내가 한번 떠나온 곳은 결코 아닐 거야.

그러면 여행을 가는 거구나.

하마는 작은 소리로 한숨을 쉬었어.

동물원 방향에서 두 명의 사촌이 손을 잡고 걸어오고 있어.

나는 그것들을 들을 수 있어.

그리고 나는 보이지 않는 눈을 감았어.

그러니까 하마, 누군가 아무런 인사를 남기지 않은 채 떠났다고 해도, 너를 생각하지 않은 것은 아니야. 그것이 십일월 저녁 일곱시였고 그리고 부다페스트 거리에서였다면 말이지. 양 동물원에서 부친 엽서는 어쩌면 십구 년쯤의 시간이 지난 다음에 바랑스 전당포나 너의 집 우편함으로 배달될지도 몰라. 이곳의 우편제도는 워낙 예측할 수 없으니까 말이야. 언제 어떤 방법으로 도착할지 누가 알겠어? 엽서를 받으면, 그리고 양 알레르기 때문에 눈에 통증이 느껴지기 시작하면, 두 팔을 멀리 위로 하고 바닥에 길게 누워봐. 그러면 너는 조금도 움직이지 않으면서 존재의 배경이 만들어내는 소실점을 향하게 될 거야. 나는 그것을 '동물원 놀이'라고 부르지. 너도 그것을 즐길 수 있었으면 좋겠어.

양 동물원의 끝없는 길 위에서 바람을 맞으면서 너와 두 명의 사촌이 두 팔을 위로 길게 뻗고 바닥에 누워 있는 것이 보여. 선명한 빛의 무거운 구름들이 바람보다 빠르게 공간의 한 지점을 향해서 같은 방향으로 흘러가고 있어. 어디로 가는 거지? 어디로 가는 거지? 나는, 어디로 가는 것이 아니야. 정확히

동물원 킨트

말하자면 떠나는 것이 아니고 이제부터 단지 보이지 않게 되는 것뿐이거든. 그러므로 하마, 여행은 내 길이 아니야. 그냥 아무런 인사도 없이 스윽 하고 사라지는 것이라면 몰라도. 오늘도 역시 그런 식으로, 눈동자를 죄어오는 이 암울함을 위로하는 거야.

작가의 말

성_Gender

드물게도, 이 글은 분명하게 미리 생각되어진 면이 있었다. 그것은 주인공의 성별을 규정하지 않겠다는 것이었다. 소극적으로 본다면, 생각하기에 따라서 그(녀)는 남자도 또한 여자도 될 수 있는 것이다. 그러나 좀 더 개입한다면, 성 정체성의 의도적인 거세이다. 성별이 결정되지 않으면 주인공의 사회적 입장, 정서적인 상태, 개별적인 사건에 대한 반응, 작가나 독자가 소설을 접할 때 느끼게 되는 무의식적인 동일시, 그런 점들이 방해받게 되는 것이 사실이다. 더구나 일부 독자들에게는 중요할 수도 있는 공감이 어렵기 때문에 매력적인 주인공의 전형에서 더욱 멀어질 것이다. 결정적으로 말해서 성별이 없는 인간이란, 지금 현재 그다지 인상적이지 않다. 그럼에도 불구하고 이 글의 그(녀)에게 성별을 규정하지 않은 이유는, 성적 정체성이 자연스럽게 부여하는 모든 정서의 상태를 부정하기를 원했기 때문이다. 그것이 가능한 일인가 혹은 바람직한 일인가 하는 질문이 있다면, 그 대답은 다음 문장과 같다. 그 자체로서의 현실과 그 기준이란, 유행이나 다수결 혹은 파티에 초대받기를 바라는 마음이나 금박 글자의 명함처럼, 글을 쓰고 있을 때의 나에게는 가장 무시하고 경멸해야 할 대상이 된다.

10787 부다페스트 거리 34

이 글은, 일자리가 필요한—동물원 킨트라고 주장하는—한 사람의, 말하자면 일자리를 구하기 위해 작성된 지원서의 형태를 하고 있다. 즉 동물원의 모니터링 서류 양식인 것이다. 그래서 글 첫 부분은 편지 형식으로 시작된다. 내가 아는 한 동물원은 두 개의 입구를 가지고 있었다. 10787 부다페스트 거리 34란, 그 동물원의 문 중 작은 입구의 주소이다.

R1

지금은 아니지만 이 글을 쓸 당시에는 R1을 피웠다. 그것은 몹시 공허하다—니코틴의 농도가 그렇다는 뜻이다. 피우면 피울수록 욕구 불만이 쌓여가는 것이다. 처음에 그 담배를 사러

작가의 말

가서는 언제나 긴장했었다. 담배를 파는 사람이 한 번에 이해하도록 발음할 수 없었기 때문이다. 사실 나는 R1을 좋아하지 않았다. 그러나 이 글을 쓰는 내내 R1은 눈이 닿는 곳 어딘가에 반드시 자리하고 있었다. 그중 국립도서관의 흡연실은 내가 가장 좋아하던 장소였다.

음악가들

그리고 이 글은 대부분이, 스물네 시간 계속해서 음악을 틀어주던 Klassik Radio—First Class Musik의 바흐와 텔레만 그리고 비발디에 의해 쓰여진 것이다. 슈테피의 보리수가 잎을 모두 떨어뜨리면 겨울이 된다. 겨울 내내, 오후 네시가 되기도 전에 밤에 찾아왔다. 가지고 있는 것은 몇 장의 CD와 라디오뿐이었기에 계속해서 들었다. 어느 특정 시간에, 바로크 음악이 흘러나온다. 음악에 사로잡혀서 미친 듯이 볼륨을 올리면, 숙소의 옆방에서는 의자를 들어 벽을 내리치며 항의했다. 요한 제바스티안 바흐, 안토니오 비발디, 게오르크 필리프 텔레만. 이들의 협주곡에 이 글은 많은 부분, 빚졌다.

이방인 놀이

이 글을 쓸 당시에는 외국에 있었지만 그것이 그다지 큰 영향을 미쳤다고 생각하지는 않는다. 아마 한국에서 이 글 전부를 썼더라도 내용은 달라지지 않았을 것이다. 이것은 분명히, 여행기나 풍물기가 아니라고 생각한다. 그리고 그러한 요소를 큰 특징으로 내세우지도 않는다. 왜냐하면 항상 그랬듯이, 혹 내가 본 것이 있다 해도 그것을 있는 그대로 쓰지는 않았기 때문이다. 즉, 정보나 진실로서의 가치는 전혀 없기 때문이다. 그럼에도 불구하고 혹시라도 누군가가 이 글에서 이국적인 요소를 조금이라도 느꼈다면 그것은 그냥 '이방인 놀이'의 일부였을 뿐이다. 이방인 놀이란, 이방인 됨을 즐기고 싶은 경우에 언제든지 시도해볼 수 있다. 이방인 됨 즐기기는 굳이 외국에서가 아니라도 얼마든지 가능하다. 지금부터, 이방인 놀이를 시작한다. 이것은 반드시 혼자서 해야 하며 놀이가 끝날 때까지는 절대로 비밀을 지켜야 한다. 예를 들자면, 이렇게 생각하기 시작한다. 나는 지금 외국에 있다. 나는 방금 비행기에서 내려 이곳에서 방을 구했다. 나는 이곳에 아는 사람이 단 한 명도 없다. 이곳의 모든 광경은 나에게 익숙한 것이 아니다. 이곳의 사람들이 사는 방식은, 그들은 습관으로 굳어진 것이겠지만 나에게는 하나하나가 이유를 묻게 만들 만큼 신기하다. 나는 지금 외국어로 서툴게 말하고 있다. 머릿속에서 문법에 맞는 문장을 만들고, 그것을 신경써서 발음해가면서 말이다. 자신의 모국

작가의 말

어를 외국어처럼 새롭게 받아들이는 것이 이 놀이에서는 가장 중요하다. 언어의 사용이 의식의 많은 부분을 지배하기 때문이다. 빠르거나 너무 자연스럽게 말하지 않도록 한다. 자신의 모국어라도 마음만 먹으면 얼마든지 그런 식으로 말할 수 있다. 적절한 말을 찾기 위해 사전이나 문법책을 참고해도 좋다. 틀린 문법으로 말해도 상관없다. 단 유행어나 은어 지나치게 발랄하거나 저속한 표현들은 일단 전혀 모르는 것으로 해둔다. 가장 좋은 방법은 외국인을 위한 한국어 교재를 보고 그런 식으로 말하고 사고하는 것이다. 텔레비전은 잘 보지 않는다. 완전히 다 이해할 수 없다고 가정해야 하므로. 지나치게 언어에 능통하게 되면 이방인 됨을 완전히 즐길 수 없기 때문이다. 가족이나 친구를 일정 기간 동안은—설사 아주 그립다 할지라도—절대로 만나지 못한다. 돈을 아껴야 하므로 전화도 자주 할 수 없다. 생각뿐이 아니라 실제로 그렇게 행동하는 것이다. 그러기 위해 가족이나 친구들에게 외국으로 여행을 떠난다고 말해두는 것은 아주 좋은 방법이다. 이런 식으로 하면 의외로 생각보다 쉽게 이방인으로 변할 수 있다. 얼마 지나지 않아 항상 보아오던 아파트 계단이나 집 앞 버스 정류장을 사진으로 찍고 싶어질 것이다. 일단 이방인이 되면, 자신에게 피부처럼 익숙했던 사물이나 현상들이 좀 다른 각도로 보이기 시작한다.

그런 경험은 외국에서 살았던 경험과 근본적으로 크게 다르지 않을 것이다. 왜 이런 이상한 흉내를 내느냐고 의문을 가지는 사람이 있다면, 그것은 단지, 그냥 놀이일 뿐이다. 어느 순간 싫증이 난다면, 다시 집으로 돌아오면 되는 것이다.

그 단어, 고립

고립이란 정말 멋진 것이다. 그것은 거의 쾌락의 차원이다. 그것을 찬미한다. 그것을 비난하는 사람들은 진정 고립을 모르거나 혹은 나약하게 겁을 먹은 것이다. 그러나 종종, 전부라고 해도 좋을 정도로, 고립에 대한 찬미는 현실에 대한 비판적인 고발이라거나 소통에 대한 그리움인 것으로, 정반대로 왜곡되곤 한다. (글이 서투르기 때문일 수도 있다.) 글을 쓸 때 내가 선호하는 몇 가지 사소한 방법이 있는데, 동일시하거나 비판하거나 개입하거나 사랑하지 않는 것이다. 가능한 한 이런 태도를 유지하려고 노력하는 편이다. 고립이란 그것과 비슷하다. 고립이란 반드시 혼자 지낸다거나 배타적인 것을 의미하지는 않는다. 그러나 동시에 반드시 고립되어 있는 것도 사실이다. 이 글은 그런 식으로 고립된 정신의 한 종류에 대한 것이다. 그(녀)는 끊임없이 절교의 편지를 쓰고 있다. 혹은 개의치 않는다. <u>스스로 사물이나 장소가 되기를 원한다.</u> 고립이 이 글의

작가의 말

아이덴티티가 되었으면 하는 것이 나의 바람이다.

실명

분명히 그것에 대한 공포가 상당 부분 있다. 100번 버스의 이층 앞좌석에 앉아 있는데 운터 덴 린덴을 지나다가 갑자기 길가의 나뭇가지가 버스 유리를 뚫고 들어와 눈에 박혀버릴지도 모른다는 생각이다. 그런 두려움이 무의미하다는 것은 잘 알고 있다. 그러나 그러한 무의미함 역시 이 글을 쓰게 해준 하나의 동기가 되었다.

그리고 독자들에게 바라는 것

이 글은, 그들이 이 책을 다 읽은 다음 가장 마지막으로 읽혔으면 한다.

2002년 9월

배수아

동물원 킨트

ⓒ 배수아

초판발행 2025년 7월 8일

지은이 배수아
편집 조연주
디자인 엄혜리
제작 제이오

펴낸곳 레제
출판신고 2017년 8월 3일 제2017-000196호
이메일 lese.erst@gmail.com

ISBN 979-11-967220-3-6 03810

이 책의 판권은 지은이와 레제에 있습니다.
이 책 내용의 전부 또는 일부를 재사용하려면 반드시 양측의 서면 동의를 받아야 합니다.